너와 부딪친 순간
행복이 시작되었다

淡定的人生不寂寞3

作者 : 木木

영혼이 치유되는 담담한 사랑 이야기

너와 부딪친 순간
행복이 시작되었다

무무木木 ㅣ 최인애 옮김

문학세계사

한바탕 꿈 같은 인생, 그래도 살아간다

20대에서 30대, 또 40대로 넘어가는 삶의 과정은 마치 한 해의 봄과 여름, 그리고 가을을 연상시킨다. 심지어 기억조차도 계절의 색을 닮아 어떤 것은 생동감 넘치는 초록, 또 어떤 것은 활활 타오르는 빨강, 혹은 결실의 색인 노랑을 띤다.

'담담함'은 단순하면서도 복잡한 것이 꼭 가을 같다. 봄은 파종과 탐색의 계절이고 여름이 열정과 전력투구의 계절이라면 가을은 모든 것이 때를 맞는 계절이다. 수확의 기쁨이 절정에 이르는 한편, 조금씩 쇠락의 시기가 가까워지기 때문이다. 얻음과 잃음을 동시에 경험하게 되는 이 계절에 누군가는 한 잔 술에 노래를 곁들이며 한탄한다. 인생이 꿈같이 덧없음을, 연극처럼 허무함을 한탄하는 것이다. 그러나 내면의 고요함을 지킬 때 비로소 인간의 마음도 제자리를 찾을 수 있다. 그런 점에서 보면 술과 노래, 꿈과 연극은 지나치게 진하고 자극적이다. 그보다는 맑은 차 한 잔과 잔잔한 시 한 수, 담백한 그림 한 점이 훨씬 깊은 여운을 남긴다. 거친 풍파를 겪고 난 뒤에도 여전히 선량하고 진실하며 거리낌 없는, 인생의 다양함을 맛본 뒤에 어떤 것에도 흔들리지 않을 수 있는 그런 여운 말이다.

이것이야말로 진정한 가을의 성숙함이자 비바람이 몰아친 밤이 지나고 난 뒤 아침의 맑고 고요한 하늘의 모습이다. 경험이 적고 나이가 어릴 때는 가슴 아프기만 했던 일도 가을의 나이가 되어 돌아보면 담담히 품을 수 있게 된다. 또한, 예전에 집착하고 매달렸던 일도 어느 정도 거리를 두고 객관적으로 볼 수 있게 되며, 옛 연인과 마주쳐도 가볍게 웃으며 지나치고 옛 상처를 다시 꺼내도 그저 지나간 일로 가볍게 이야기할 수 있을 만큼 성숙해진다. 또한, 남 때문에 기뻐하지도, 자기 자신 때문에 슬퍼하지도 않는 법을 배우게 된다.

장아이링張愛玲의 작품 중 이런 이야기가 있다.

청춘의 길목에서 한 갈래의 길이 보일 듯 말 듯 나에게 손짓했다. 어머니는 '그 길은 가지 말아야 할 길'이라고 나를 말렸지만 나는 믿지 않았다.

"내가 그 길로 지나왔기 때문에 아는 거야. 그런데 왜 믿지 못하니?"

"엄마도 저 길로 지나왔는데 나는 왜 못 가겠어요?"

"난 네가 힘든 길로 가지 않았으면 좋겠어."

"하지만 가고 싶은 걸 어떡해요. 게다가 두렵지도 않다고요."

어머니는 애잔한 눈빛으로 나를 한참 동안 바라보다 한숨을 쉬며 말했다.

"알았다. 네 고집을 어떻게 이기겠니. 하지만 저 길은 아주 험하니까 조심해야 한다."

그 길을 걷기 시작하고 얼마 되지 않아 나는 엄마의 말이 거짓이 아님을 깨달았다. 그것은 분명히 힘들고 어려운 길이었다. 나는 자주 벽에 부딪치고 넘어졌다. 때로는 너무 심하게 부딪쳐서 머리가 깨지기도 했다. 그러나 나는 끝까지 포기하지 않았고, 마침내 그 길을 모두 걸어 지나왔다.

길의 입구에 주저앉아 숨을 헐떡이고 있는데 한 친구가 눈에 들어왔다. 아주 젊고, 그때 내가 서 있던 바로 그 길목에 서 있었다. 나는 나도 모르게 '그 길은 가지 말아야 할 길'이라고 외쳤지만, 그녀는 믿지 않았다.

"내 어머니도 그 길로 지나왔고, 나도 그랬어. 그래서 아는 거야."

"당신들도 저 길로 지나왔는데 나라고 왜 못 가겠어요?"

"난 네가 힘든 길로 가지 않았으면 좋겠어."

"하지만 가고 싶은 걸 어떡해요."

나는 그녀를 보고 또 나를 봤다. 그런 뒤 웃으며 말했다.

"조심하렴."

내게 고통과 아픔을 안겨 준 경험에 감사하라. 그 경험이 있었기에 더 많은 지혜와 관용을 배워서 오늘날의 성숙하고 담담한 자신이 된 것이다. 때로는 약간의 씁쓸함이 더해져야 달콤함이 더 깊어지지 않던가. 많은 것을 겪고 경험한 뒤 더는 바랄 것이 없는 때가 오면 그 어떤 일에도 마음의 평정을 빼앗기지 않게 된다. 그래서 이 세상의 모든 일은 모두 나름의 이유가 있다. 이 사실을 인정하면 어떤 일이 닥쳐도 당황하지 않고 침착한 마음과 맑은 머리로 사건의 본질을 꿰뚫어 볼 수 있게 된다. 그러면 그 어떤 일도 보이는 것만큼 심각하거나 예측불가 하지 않다는 사실을 깨달을 수 있다. 진정한 담담함은 바로 그때 얻어지는 것이다.

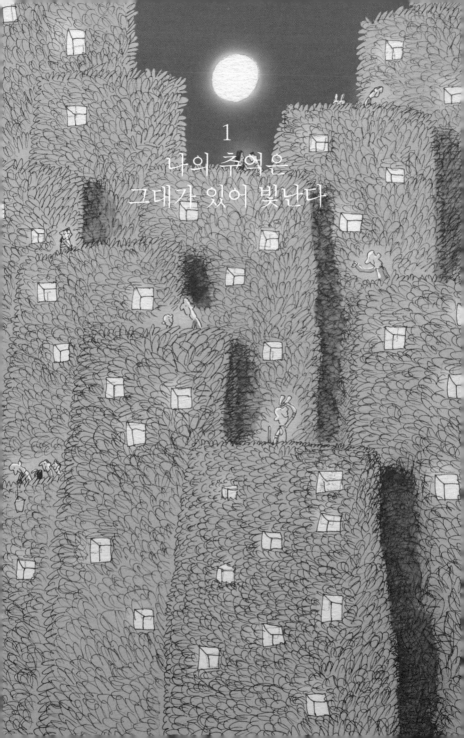

1
나의 추억은
그대가 있어 빛난다

"

이 세상에 멋지고 훌륭한 사람이 아무리 많다 해도

내가 오직 그대만을 바라는 이유는,

내 눈에는 오직 그대의 아름다움만이 보이기 때문입니다.

그것은 곧 내가 아주 오랫동안

고독함을 견뎌야 할지도 모른다는 뜻이지만,

마음이 가장 깊고 어두운 골짜기를 헤매는 순간조차도

그대의 웃는 얼굴을 볼 수만 있다면,

나의 겨울은 순식간에 녹아 내려 따뜻한 봄이 될 것입니다.

"

꽃다운 시절

딩리메이丁立梅

이 이야기의 주인공은 아버지의 초등학교 시절 친구다. 두 분은 몇 년이나 연락이 끊겼었는데 어느 날 갑자기 친구 분이 찾아와서 다시 만나게 되었다. 그날, 백발이 성성한 두 친구는 서로 손을 맞잡은 채 목이 메어 한동안 말을 잇지 못했다.

친구 분이 온 이유는 아버지에게 커다란 비밀을 털어놓기 위해서였다. 그는 이 비밀을 품은 채 몇 날 며칠 밤을 샜다고 했다. 아내에게도, 자식들에게도, 친척이나 다른 친구에게도 말할 수 없는 비밀이라 옛 학교 친구인 아버지를 찾아온 것이다.

아버지는 아껴 뒀던 좋은 술을 꺼내고 어머니에게 볶은 땅콩과 삶은 달걀을 안주로 내오게 했다. 두 분은 저물어 가는 노을을 배경으로 술잔을 기울였다. 금싸라기 같은 가을 햇살이 탁자 위에 한가득 뿌려지는 가운데, 아버지의 오랜 친구는 천천히 이야기를 털어놓기 시작했다.

40여 년 전, 그는 등이 곧고 눈빛이 반짝거리는 청년이었다. 당시 그는 한 고등학교에서 임시 교사로 일하고 있었는데 워낙 재미있게 잘 가르쳐서 학생들에게 인기가 높았다.

그는 이른 나이에 중매로 결혼을 했다. 상대는 옆 마을 처녀였는데, 수더분하고 착했지만 배움이 짧고 외모도 아름답지 못했다. 그러나 그의 부모님은 허리가 굵고 어깨가 튼실하니 일 잘하고 애도 잘 낳는 것은 물론 남편 내조도 잘할 것이라며 그 처녀를 사뭇 좋아하셨다. 효자였던 그는 부모님의 뜻에 따라 군말 없이 그녀와 결혼했다.

부부가 됐지만 그는 아내와 많은 시간을 보내지 못했다. 평일에는 학교에서 숙식을 해결하고 주말에나 집으로 돌아왔기 때문이다. 집에서도 그는 수업 준비와 숙제 검사에 여념이 없었고, 아내는 나름대로 밭일이며 집안일로 바빠서 부부는 거의 대화를 하지 않았다. 다행히 천성이 착한 아내는 그에게 아무런 불만도 말하지 않았다. 게다가 손이 재바르고 야무져서 집 안팎의 살림을 흠 잡을 데 없이 해냈다. 덕분에 그 역시 이런 생활에 별다른 불만을 느끼지 않았다. 한 여학생과 사랑에 빠지기 전까지는 말이다.

그녀는 다른 반의 학생이었다. 당시 열아홉 살이었던 그녀는 키가 크고 늘씬하며 성격도 활발하고 가무에 능해서 여러 모로 눈에 띄었다. 두 사람은 새해를 맞아 학교에서 개최한 예술제에

서 함께 사회를 맡으며 서로의 존재를 알게 됐다. 그는 그녀의 유려한 말솜씨와 자신감 넘치는 태도에 깊은 인상을 받았고, 그녀는 그의 남자다운 풍채와 매력적인 목소리에 끌렸다. 예술제 이후 둘은 점점 가까워졌다. 대체 무슨 감정인지는 알 수 없지만, 그는 그녀를 볼 때마다 어두운 밤하늘 한가운데 훤하게 뜬 달을 본 것같이 가슴이 환해졌다. 그녀는 그보다 더했다. 그를 만나면 갑자기 세상이 온통 찬란하게 빛나기 시작했기 때문이다. 그녀는 그를 위해 목도리와 장갑을 뜨고, 맛있는 요리를 만들어 그에게 남몰래 가져다 주었다. 수업이 끝나면 두 사람은 문학에 대해 이야기하거나 함께 피아노를 치며 노래를 불렀다. 그야말로 꽃다운 시절이었다. 그들 주변을 둘러싼 공기마저도 달콤한 꽃향기를 품은 듯했다.

그들은 서로 사랑했다. 그래서 여학생이 졸업할 시기가 되자 그는 수없는 고민 끝에 고향으로 돌아가 아내에게 이혼을 요구했다. 아내는 고개를 숙이고 풀을 베며 묵묵히 그의 말을 듣기만 할 뿐 아무 말도 하지 않았다. 그러다 그가 학교로 돌아간 뒤, 목을 매 자살하고 말았다.

곧 엄청난 충격과 풍파가 그들을 덮쳤다. 소식을 들은 여학생은 모래 알갱이가 백사장 위에 떨어진 것처럼 홀연히 종적을 감춰 버렸고, 그는 '조강지처를 버린 몹쓸 놈'이라는 멍에를 지고 질타를 받았다. 그는 물론 여학생의 삶도 풍비박산이 나고 만 것이다.

이후로 그는 10년 간 독신으로 지내다가 겨우 지금의 아내를 만나 다시 가정을 꾸렸다. 타지 출신인 아내는 과거를 알고도 변함없이 그를 사랑하고 아껴 주었다. 이로 인해 아내는 그에게 평생 고맙고 감사해야 할 사람이 되었다.

그는 곧 아들을 얻었고 2년 후에 또 딸을 얻었다. 비록 생활이 넉넉하지는 않았지만 그는 열심히, 성실하게 살았다. 그렇게 살다 보니 젊은 시절의 가슴 아픈 사랑도 점차 안개에 휩싸인 듯 흐려졌다. 어쩌다 가끔 생각이 나도 남의 일처럼 느껴졌고, 그 여학생의 얼굴도 더 이상 기억나지 않았다.

그는 그녀와 재회하게 될 것이라고는 꿈에도 생각하지 못했다. 그래서 혼자 장을 보러 나갔다가 웬 청년을 대동한 귀부인이 자신을 불러 세웠을 때, 그녀가 누구인지 조금도 짐작하지 못했다. 젊은 시절의 고운 모습이 아직 남아 있는 그녀는 떨리는 목소리로 그에게 자신을 알아보겠느냐고 물었다. 그가 당황해서 고개를 젓자, 그녀는 눈물을 흘리며 겨우겨우 한 마디를 내뱉었다.

"그때의 그 여학생은 기억하시나요?"

어디선가 툭, 하고 끊어지는 소리가 들렸다. 그와 동시에 잊고 있었던 과거가 한꺼번에 쏟아져 나와 그를 덮쳤다.

그와 헤어졌을 당시, 그녀는 이미 뱃속에 그의 아기를 품고 있었다. 하지만 그 사실을 알리지 않고 혼자 타향에 가서 아들을 낳았다. 비록 스스로 떠나긴 했지만 아직도 그를 잊지 못했던 그녀는 평생을 결혼하지 않고 혼자 온갖 고생을 하며 아들을 키웠다. 다행히 아들은 바르게 자라서 박사학위까지 취득했으며, 지금은 미국에서 자기 회사를 차려 성공적으로 경영하고 있었다.

아들이 자리를 잡은 후, 그녀는 아들에게 모든 것을 털어놨다. 그리고 수소문 끝에 그를 찾아 만나러 온 것이다.

평생 자신이 바란 것은 늙어서라도 좋으니 당신과 함께하는 것이었다고, 그녀가 말했다. 부부라는 명분은 없어도 좋으니 방

한 칸에서 같이 지내며 매일 볼 수만 있다면 더 이상 소원이 없 겠다는 말도 했다. 아니면 미국으로 건너가 아들과 함께 지내는 것은 어떠냐고도 물었다. 그녀의 말을 듣는 동안 그의 마음은 산 산이 무너져 내렸다. 한참 뒤에야 가까스로 입을 뗀 그는 자신에 게 이미 아내와 가족이 있음을 밝혔다. 또 그들을 버릴 수는 없 다고 말했다. 그녀는 한동안 서럽게 울다가 조용히 떠나갔다.

얼마 후, 미국으로 돌아간 아들에게서 전화가 왔다. 그녀가 세상을 떴다고 했다. 그를 만나러 왔을 때 그녀는 이미 회복 불 가능한 상태였다. 그를 만나고 온 뒤 죽을 때까지 그녀는 더 이 상 살 의미가 없다며 식음을 전폐했다. 그런 상황에서도 아들만 은 끔찍하게 생각해서 매달 반찬이니 먹을거리를 잊지 않고 보 냈다고 했다.

그는 아무도 없는 곳에 숨어서 가슴을 부여잡고 울었다. 꽃다 웠던 시절의 기억이 한바탕 꿈처럼 허무했다. 집으로 돌아온 그 를 보고 아내가 깜짝 놀라며 눈이 왜 그렇게 빨개졌느냐고 물었 지만, 그는 아무렇지 않은 척 고개를 저으며 말했다.

"밥 다 됐소? 어서 식사합시다."

때로는 당장 내 손에 쥐어진 하얀 쌀밥보다

저 멀리 하늘가에 빛나는 하얀 달빛이

더 낫다는 생각이 들기도 한다.

하지만 인생의 갈림길에서 어느 쪽을 선택하든,

당신이 선택한 그 길이 뒤의 인생을

송두리째 바꿔 놓을 수도 있다는 사실을 명심해야 한다.

무무木木

그 여자의 입맛, 그 남자의 입맛

리링링李玲玲

바쁜 걸음으로 육교를 지나던 그녀는 맞은편에서 걸어오는 남녀를 보고 그만 멈춰 서고 말았다. 낯익은 얼굴이 보였기 때문이다. 5년 만이었다. 헤어진 뒤 다시는 보지 못하리라고 생각했는데 출장을 온 곳에서 이렇게 마주치다니! 운명의 장난 같은 만남에 그녀의 가슴이 방망이질 치기 시작했다.

그녀가 머뭇거리는 사이 그들은 점점 더 가까워졌다. 한순간 도망갈까 싶었지만 땅에 다리가 박힌 듯 도무지 발이 떨어지지 않았다. 결국 그와 눈이 마주쳤다. 그 역시 멈춰 서더니 놀란 표정으로 그녀를 바라보았다.

"혹시 아는 분이야? 누구?"

그의 곁에 있던 여자가 눈치를 채고 먼저 말을 꺼냈다. 그가 반가움과 난처함이 뒤섞인 얼굴로 웃는 사이, 그녀가 재빠르게 대답했다.

"안녕하세요, 전 장쯔의 대학 동기예요."

그녀는 억지로 미소를 지었다. 그리고 그 순간, 자기 자신조차도 몰랐지만 사실은 그를 많이 그리워했다는 사실을 깨닫고 놀랐다.

곧 어색한 인사와 짧은 대화가 오갔다. 그녀는 장쯔의 여자 친구의 이름을 듣고 잠시 당황했다. 자신과 이름이 같았기 때문이다. 비록 한자는 달랐지만 발음은 '리첸'으로 똑같았다. 우연일까? 아니면 그가 일부러 그녀와 같은 이름을 가진 여자를 선택한 것일까? 그녀는 머릿속이 복잡해졌다.

호텔로 돌아온 그녀는 회사에 휴가를 신청했다. 그리고 밤새도록 뒤척거리며 온갖 생각에 사로잡혔다. 장쯔의 얼굴이, 그 따뜻한 미소가 눈앞에 어른거렸다. 마치 그때 그 시절로 돌아간 것 같았다. 추운 겨울날 기숙사 입구의 희미한 불빛 아래 그녀를 기다리던 그의 모습이, 그녀가 아팠을 때 지극 정성으로 돌봐 주던 그의 손길이 자꾸만 떠올랐다.

그녀는 벌떡 일어나 지갑 속의 사진을 꺼냈다. 5년 전, 장쯔와 함께 찍은 사진이었다. 사진 속에서 지금과 별반 다르지 않게 웃고 있는 그의 모습을 보고 있자니, 자신이 그를 아직도 사랑하고 있다는 사실이 더욱 명확해져서 가슴이 아팠다. 그녀가 그동안 다른 남자를 만나지 못했던 이유도 어쩌면 그를 잊지 못했기 때문이리라.

여태껏 이 남자를 사랑하고 있었다니! 그녀는 자기도 모르게 웃었다. 하지만 지금은 다른 여자가 그의 사랑을 받고 있다고 생각하자 돌연 눈물이 났다. '어릴 적 우리는 울다가도 웃었지만 지금의 우리는 웃다가도 운다' 라는, 친구의 메신저 상태 메시지에 적어 둔 문구가 생각났다. 그 말이 무슨 뜻인지를 이제야 제대로 알 것 같았다.

달빛이 방 안을 환하게 비추는 가운데 그녀는 상심한 얼굴로 멍하니 창밖을 바라봤다. 아무 의미 없이 켜 둔 TV에서는 로맨스 드라마가 한창이었다. 평소 유치하다고 생각했던 드라마였지만 지금은 사랑을 위해 모든 것을 바치는 여주인공이 오히려 용기 있고 대단하게 보였다.

나이가 들면 예전에는 과감하게 저질렀던 일들도 겁이 나서 하지 못할 때가 많다. 그래서 다들 술기운을 빌리는지도 모른다. 그녀는 천천히 와인을 마시며 그렇게 생각했다. 한 병을 거의 다 비운 후, 휴대전화를 들고 5년 전에 마음에 묻었던 전화번호를 차근차근 눌렀다.

"여보세요, 누구시죠?"

장쯔였다. 혹시나 싶은 마음에 전화를 걸기는 했지만 막상 그가 받자 말문이 막혀 버렸다. 그는 몇 년이 지난 지금까지도 같은 번호를 쓰고 있었던 것이다. 자신의 인생에서 장쯔라는 사람은 이제 사라졌다고, 영원히 다시 볼 수 없다고 생각했는데. 그

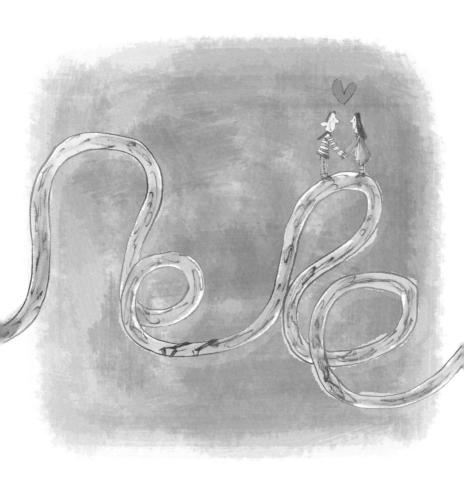

녀는 그동안 그에게 전화해 볼 용기조차 내지 못했던 스스로가 어리석게 느껴졌다.

어렵게 전화하기는 했지만 차마 말을 꺼낼 용기까지는 나지 않았다. 그녀가 잠자코 있자 장쯔는 잠시 기다리다가 전화를 끊었다. 방 안은 달빛으로 가득했지만 무섭도록 서늘했다. 그녀는 혼잣말처럼 중얼거렸다. 리첸, 넌 사랑받을 자격도 없는 여자야.

그녀는 이불을 뒤집어쓰고 억지로 잠을 청했다. 설핏 잠이 들었을 때 대학 시절로 돌아간 꿈을 꾸었다. 꿈속에서 장쯔는 그녀와 함께 매운 쓰촨四川 요리를 먹으며, 온통 얼굴이 빨개져서 불쌍할 정도로 땀을 흘리고 있었다.

너무 매우면 안 먹어도 돼. 다음엔 다른 거 먹자.

아니야, 익숙해지면 괜찮을 거야.

잠에서 깬 후, 그녀는 꿈과 현실이 구분되지 않아 한동안 멍하니 앉아 있었다. 만약 자신이 졸업한 후에 고향인 쓰촨으로 돌아가지 않았다면 지금도 그와 함께일까? 그들의 관계를 먼저 포기한 사람은 그녀 자신이었다. 하지만 그렇다고 해서 지금이라도 그를 되찾기 위한 노력을 하지 말라는 법은 없지 않은가?

다음 날 아침, 그녀는 옅게 화장을 하고 일찌감치 호텔 레스토랑으로 내려갔다. 그리고 창가 쪽에 자리를 잡고 앉아 그를 기다렸다. 어젯밤, 차마 다시 전화를 걸 용기는 없어서 여기에서 만나자는 문자를 보냈다. 그녀는 창밖으로 지나다니는 사람들과 차량을 바라보며 마음을 진정시켰다.

장쯔는 시간에 맞춰 도착했다. 하얀 셔츠에 청바지를 입은 모습이 꼭 예전에 그가 그녀를 사랑했던 시절로 돌아온 듯한 착각을 일으켰다. 간단하게 인사를 나눈 뒤 그녀는 그에게 메뉴판을 내밀었다.

"자, 먹고 싶은 거 마음껏 골라. 오늘은 내가 대접할게."

그는 웃으며 소 내장 고추기름 무침, 소고기 야채 매운 볶음, 매운 생선탕 등을 주문했다. 그리고 주머니에서 딸기맛 밀크티를 꺼내어 그녀에게 내밀었다.

"아직도 좋아하나 모르겠네. 예전에 네가 이걸 좋아했던 기억이 나서 사 왔어."

겨우 가라앉혀 놓은 마음이 다시금 두근거렸다. 밀크티도 그렇고 음식도 그렇고, 모두 그녀가 좋아하는 것들이었기 때문이다. 그는 변한 것이 하나도 없었다. 여전히 자기 자신보다는 그녀를 챙겼다.

음식이 나오자 그는 자상하게 그녀에게 음식을 덜어 주었다. 그때, 그녀는 그의 손가락에 끼워진 반지를 보았다. 크지도, 유별나게 반짝이지도 않았지만 그녀의 시선을 사로잡기에는 충분했다.

"결혼, 언제 결정한 거야?"

그녀는 무거운 마음을 감추고 애써 태연하게 물었다.

"지난 달에."

그는 싱긋 웃어 보이며 말을 이었다.

"글쎄 그 바보 같은 여자가 말이야, 너랑 똑같이 쓰촨요리에 죽고 못 살면서도 나만 만나면 항상 광둥요리를 먹으러 가자고 했더라고.(쓰촨요리는 맵고 자극적인 데 비해 광둥요리는 담백하고 깔끔함-역주) 나중에 그 사실을 알고 나서 곧바로 청혼했어."

그의 얼굴이 행복으로 반짝반짝 빛났다. 마치 그 행복감을 그녀와 나누고 싶어 안달난 사람 같았다. 그녀는 가슴이 저미듯 아팠다. 예전에 자신에게 그토록 잘해 줬던 그의 모습이 떠올라 금방이라도 눈물이 날 것 같았다. 그녀는 고개를 숙이고 몰래 눈가를 훔쳤다.

"너는?"

그녀의 마음도 모른 채 그가 물었다.

"너처럼 멋진 여자를 남자들이 가만 뒀을 리 없는데. 좋은 사람, 만났지?"

그녀는 고개를 끄덕였다. 그것 외에 무어라고 말해야 할지 알 수 없었다.

"쓰촨요리 좋아하는 남자로?"

"응, 그럼. 무지 좋아해."

그녀는 애써 쾌활하게 맞장구쳤다. 그러면서 속으로는, 정말로 그런 남자를 만났다면 내가 아직까지 당신을 잊지 못하지는 않았을 것이라고 대답했다. 그는 바로 눈앞에 앉아 있었지만 그녀에게서 이미 너무 멀어져 있었다.

"다행이다. 정말 다행이야."

그는 또다시 음식을 덜어 주며 다정하게 말했다. 쓰촨으로 돌아온 뒤 그녀는 생각했다. 만약 그의 약혼 반지를 무시했다면 어땠을까? 반지를 못 본 척하고 그에게 솔직히 고백했다면, 혹시나 결과가 달라지지는 않았을까?

하지만 그럴 리 없다는 것을 그녀도 잘 알고 있었다. 자신은 장쯔에게 맞춰 줄 수 없는 여자이기 때문이다. 물론 처음에는 그의 담백한 입맛에 맞춰서 맵고 자극적인 쓰촨요리를 멀리할 수는 있어도, 평생 그 음식을 먹지 않고 살 수는 없었다. 어차피 그들의 관계는 또다시 끝을 맞이했으리라.

그녀는 그를 사랑했다. 진심으로 사랑했다. 하지만 그가 마땅히 받아야 할 것은 그녀의 사랑이 아니었다.

그녀는 5년 만에 그를 마음속에서 떠나 보내며 마지막 눈물을 흘렸다.

세월이 흘러도 잊히지 않는 사람이 있다면

그 배경에는 조금이나마 애정의 마음이 남아 있기 마련이다.

혹시라도 우연히 그 사람을 다시 만나게 된다면

운명의 너그러움에 감사하라.

그런 순간까지도 소중히 여기고 귀중히 대하는 사람만이

인생에 후회를 남기지 않을 수 있다.

무무木木

투야라고 불러 주세요

샤오징시홍小徑稀紅

1

오늘도 아버님은 어김없이 곤란한 때에 맞춰 전화를 걸어 왔다. 나는 전화를 끊었지만 아버님이 또다시 거는 바람에 어쩔 수 없이 받았다.

"아버님, 제가 30분 후에 전화할게요."

아버님은 연거푸 알았다고 대답했지만 혹시 몰라서 이번에는 아예 휴대전화를 꺼 버렸다.

항상 이런 식이다. 아버님은 때를 가리지 않고 당신이 걸고 싶을 때 전화를 거신다. 그것도 내가 받을 때까지, 계속! 게다가 대체 무슨 급한 일인가 싶어 받아 보면 하나마나한 시시콜콜하고 잡다한 이야기일 경우가 대부분이다.

하루 종일 바빠서 휴대전화를 켜는 것도 잊어버리고 있다가 퇴근해서 집에 가 보니 아버님이 대문 앞에 쪼그리고 앉아 계셨다. 이 엄동설한에 짐 몇 개를 등에 괴고, 찬 바닥에 앉아 오들 오들 떨고 있는 아버님을 보니 기가 차다 못해 화가 나서 나도 모르게 소리를 빽 질렀다.

"아버님!"

아버님은 '끙' 소리와 함께 일어나더니 재채기를 몇 번 했다. 나는 문을 따면서 한바탕 잔소리를 늘어놓았다.

"오실 거면 미리 연락을 주시든가, 아니면 바오인한테 전화를 하지 그러셨어요!"

아버님은 현관 매트 위에 신발을 쓱쓱 문지르면서 중얼거렸다.

"하긴 했지. 그런데 전화를 받는데 뒤에서 누가 불러 대고, 아들이 아주 바쁜 것 같아서 아무 말 안했다."

나는 땅이 꺼져라 한숨을 쉬었다.

"그래서 하루 종일 기다리신 거예요?"

아버님은 씩 웃었다.

"그게 뭐 별일이냐! 나야, 양 칠 때는 하루 종일 들에서 지내기도 하는걸."

하지만 지금은 겨울이었다. 한여름에 노숙하는 것과 같을 리 없었다. 나는 그의 바보 같은 대답에 화가 나면서도 코끝이 시큰해졌다.

저녁식사 준비가 다 될 무렵 남편도 집에 돌아왔다. 밥을 먹으면서 남편은 반찬을 아버님 쪽으로 밀었다. 그런데 하필 내가 반찬을 집으려고 할 때 미는 바람에 나는 허공에서 젓가락질을 멈추고 말았다. 그러자 아버님은 황급히 반찬을 다시 내 앞으로 밀어 놓으며 말했다.

"투야야, 많이 먹어라."

나는 아버님이 나를 그렇게 부르는 것이 정말 싫었다. 투야는 내가 바오인과 결혼한 첫 날, 아버님이 내게 지어 준 몽골식 이름이다. 나름 애칭이라고도 할 수 있지만 나는 들을 때마다 괜히 속이 뒤틀렸다. 지금, 반찬을 내 앞으로 밀어 놓는 행동도 짜증스러웠다. 남편이 나보다 아버지를 더 소중히 여긴다는 사실만 다시 상기됐기 때문이다. 결국 나는 반찬을 외면하고 맨밥만 먹었다.

2

내가 아버님을 처음 본 것은 결혼식 당일이었다. 그는 시끌벅적한 사람들 뒤에 숨어 우리를 보고 있었다. 마르고 왜소한 몸, 검게 그을린 얼굴이 바오인의 큰 키와 남자다운 풍모에 대조되어 더욱 보잘것없어 보였다.

결혼 후 처음 집에서 식사를 대접했을 때, 내가 개인 접시에 음식을 덜어 드리자 아버님은 자리에서 벌떡 일어나더니 두 손으로 공손하게 접시를 받아들었다. 나는 당황해서 '아버님, 편하게 계셔도 돼요' 라고 말했고, 그는 아무 말 없이 얼굴을 문지르며 고개를 끄덕였다.

나중에 안 일인데 당시 아버님은 이를 뽑은 지 얼마 되지 않아서 말을 하지 않은 것이었다. 말할 때 바람 새는 소리가 나는 것이 부끄러웠던 모양이다. 아무튼 그 이후로 아버님은 치과 치료를 핑계로 종종 우리를 보러 오셨다. 항상 먹을거리며 찬거리들을 한가득 이고지고 오셨는데, 그럼에도 늘 더 가져 오지 못한 것이 아쉽다는 표정이었다.

친정아버지가 돌아가셨을 때 나는 임신 9개월이었다. 밤새 기차를 타고 달려온 아버님은 사돈의 영전에 세 번 절을 하고, 몽골어로 무어라 한참이나 이야기를 했다. 그런 뒤 나와 함께 눈물을 흘려 주었다. 그 순간만큼은 뭐라고 말할 수 없을 만큼 아버님이 고마웠고, 또 감동스러웠다.

얼마 후, 아들이 태어났다. 그런데 아버님은 그것이 마치 당신의 공이라도 되는 양 신이 나서 좀처럼 입을 다물지 못했다. 친정아버지의 영전에서 열심히 빌던 것이 결국은 당신의 손자가 잘 태어나게 해 달라고 했던 것이었던가 싶어 괜히 마음이 불편해졌다. 그래서 아버님이 나를 세 번이나 '투야'라고 부를 때까지 대답하지 않았다. 결국 남편이 참다 못해 벌컥 화를 냈다.

"아버지가 부르시는데 왜 대답을 안 해?"

나는 잔뜩 볼멘소리로 대꾸했다.

"내 이름은 투야가 아냐."

"이건 우리 몽골 사람의 풍습이라고 했잖아."

남편이 답답하다는 듯 말했지만 나는 고집을 부렸다.

"나는 몽골 사람이 아니거든."

그러자 남편은 눈을 치뜨며 소리를 질렀다.

"그래서 뭐? 대답 좀 한다고 죽기라도 하냐?"

나 역시 지지 않고 빽 소리쳤다.

"투야라고 부르지 않으면 누가 죽는대?"

화가 머리끝까지 치솟은 바오인이 나를 때리려고 손을 휙 쳐들었다. 그때, 아버님이 화살처럼 튀어나오더니 단숨에 바오인의 뺨을 후려쳤다. 짝, 하는 날카로운 소리에 남편은 물론 나까지 얼어붙었다.

아버님은 바오인을 향해 무섭게 눈을 부라리며 말했다.

"아직 산후 조리 중인 애한테 이게 무슨 짓이냐?"

다음 날, 아버님은 꼭두새벽부터 집에 돌아가겠다며 짐을 챙겼다. 지난밤부터 내내 마음이 불편했던 나는 용기를 내서 말했다.

"아버님, 저를 투야라고 부르고 싶으시면 그렇게 부르세요."

하지만 그날 이후로 아버님은 더 이상 나를 투야라고 부르지 않았다. 그러다 오늘, 오래간만에 '봉인'이 깨진 것이다.

3

아버님은 가져온 짐 꾸러미를 하나씩 풀어 놓기 시작했다. 각종 곡식류부터 말린 소고기와 양 뒷다리에 이르기까지, 그야말

로 어마어마했다. 나는 저도 모르게 잔소리를 하고 말았다.

"아버님, 그냥 아버님이 드시지 뭘 이렇게 많이 싸 오셨어요. 저희는 다 먹지도 못하고 둘 곳도 없는데."

하지만 아버님은 별말 없이 고개만 끄덕였다. 수많은 식재료 중에서 나를 가장 곤란하게 만든 것은 거대한 양 뒷다리였다. 크기도 크기거니와 어떻게 손질해야 할지 도무지 감이 오지 않았기 때문이다. 나는 바오인에게 심각하게 속삭였다.

"나 저거 손질할 줄도 모르고 먹지도 않아! 어떻게 해?"

그 말을 들었는지, 아니면 원래부터 그럴 요량이었는지 모르겠지만 아버님은 짐을 다 부린 후 칼을 꺼내서 솜씨 좋게 양 뒷다리를 손질하기 시작했다. 먼저 뼈에서 살코기를 발라 내어 먹기 좋은 크기로 자른 뒤 한 번 먹을 양만큼 위생 비닐팩에 나눠 넣고, 다음에는 뼈를 동강동강 조각 냈다.

손질을 하는 동안 온 집안에는 누린내와 비린내가 진동했다. 나는 힘주어 뼈를 자르는 아버님 옆에서 부엌을 정리하며 거듭 이야기했다.

"다음부터는 아무것도 가져오지 마세요. 아버님도 힘드시고 귀찮은 일도 많잖아요."

아버님은 여전히 아무 말 없이 묵묵히 손만 놀렸다.

이후로 아버님은 보름 정도 우리 집에 머무셨다. 그동안 나는 거의 매일 집안 남자들에게 저녁밥을 차려 주기 위해 퇴근하자마자 눈썹이 휘날리도록 자전거 페달을 밟아 집으로 달려왔다. 회사와 집이 멀기도 했지만 날씨가 워낙 추운 탓에 한참 자전거를 타고 집에 도착하면 나도 모르게 춥다는 말이 비명처럼 튀어나왔다.

본가로 돌아가기 전날, 아버님은 손자를 품에 안고 몇 번이나 조르듯이 물었다.

"애야, 할아버지랑 같이 가련?"

나는 그제야 아버님이 갑자기 찾아오신 이유를 알 것 같았다. 손자가 방학해서 집에 있기만을 오매불망 기다리신 것이다. 아이를 예뻐하는 마음을 생각하면 감사하긴 했지만 그렇다고 방학 내내 까막눈인 시부모님에게 아이를 맡겨 두고 싶지는 않았다. 그래서 아버님의 말을 못 들은 척했다.

그날 밤, 아버님이 갑자기 나를 부르더니 봉투를 내밀며 말했다.

"투……, 아니지, 어멈아, 차 한 대 사거라. 요즘처럼 추운 날씨에 자전거를 타고 출퇴근하다니 그게 웬 고생이냐!"

아버님의 까만 눈동자가 따스한 애정으로 반짝였다.

"혹시 운전을 못하면 바오인한테 태워 달라고 하렴."

나는 손사래를 쳤다.

"아니에요, 아버님. 차는 저희가 알아서 살게요."

아버님은 억지로 내 주머니에 봉투를 쑤셔 넣고, 나 역시 고집스레 봉투를 다시 돌려드리느라 한동안 실랑이를 벌였다. 그런데 아버님이 갑자기 고개를 푹 숙이더니 의기소침하게 말했다.

"하긴, 돈이 너무 적겠구나."

나는 아버님의 실망한 표정을 보며 애써 농담조로 말했다.

"그래서 그런 게 아니에요. 나중에 더 많이 모아서 한꺼번에 주시라고요."

아버님의 얼굴이 그제야 밝아졌다.

"아, 그래, 그게 좋겠구나. 내가 더 많이 모아서 주마. 그래도 너무 비싼 차는 못 살 테니 크게 기대하지는 마라."

말을 마친 후 아버님은 예의 그 의기양양한 너털웃음을 웃었다.

4

그때의 갑작스런 방문 이후로 아버님은 반 년 넘게 우리 집을 찾지 않으셨다.

노동절 연휴를 앞둔 어느 날, 바오인이 고향집에 다녀오고 싶다는 말을 꺼냈다. 하지만 아직 초원에 풀이 자라지 않았을 때라 나는 별로 가고 싶은 생각이 없었다. 그러자 남편은 섭섭해하며 말했다.

"당신은 아무것도 가져오시지 말라고 하고 아버지는 빈손으로 오기 미안하고, 그러니까 못 오시는 거 아니야. 우리가 가 보기라도 해야지."

생각해 보니 틀린 말은 아니었다. 어쩌면 아버님이 물건을 가져다주시는 것 자체가 우리를 보러 오는 핑계였을지도 모르니 말이다. 결국 고향에 다녀오기로 결정했다.

빌린 차를 타고 드넓은 초원을 달리는 동안 나는 속으로 바오인을 수없이 욕했다. 바보처럼 자기 집에 가는 길조차 기억하지 못하고 수시로 차를 세워서 길을 물었기 때문이다. 내 기분을 눈치 챘는지 바오인이 변명하듯 말했다.

"차를 몰고 오는 건 처음이라 그래. 늘 마을 앞까지 가는 버스만 타서……."

나도 모르게 실소가 나왔다. 어쩜 그리도 자기 아버지와 똑같은지, 영락없는 부전자전이 아닌가.

집에 도착한 후 차에서 내리자 아버님이 기다렸다는 듯이 뛰어나왔다. 그는 온 얼굴에 주름이 잡히도록 환하게 웃으며 들뜬 목소리로 외쳤다.

"아침부터 까치가 울더니, 반가운 손님이 오려고 그랬구나!"

아버님은 나를 향해 반가운 얼굴로 뭐라 부르려다 멈칫 하더니 쑥스럽게 미소 지으며 말했다.

"어멈아, 잘 돌아왔다."

어쩐지 아버님이 멈칫하는 그 순간에 만남의 기쁨이 조금은 깎인 듯한 느낌이 들었다.

짐을 내려놓고 잠시 쉬는 동안 아버님은 남편과 앞마당을 걸으며 이야기했다.

"뭘 먹어야 하나?"

"그냥 있는 대로 먹죠."

남편이 싱긋 웃으며 대답하자 아버님은 눈을 흘기며 말했다.

"너 말이다, 배 나오고 투실투실하게 살찐 것을 보니 고기란 고기는 죄다 너 혼자 먹었느냐?"

그러더니 양 우리와 외양간을 번갈아 바라보며 중얼거렸다.

"어멈이 양고기를 좋아하지 않으니까 오늘은 소를 잡자."

"좋아요. 오늘은 소갈비 먹어요, 아버지."

하지만 외양간에 있는 것은 이제 겨우 송아지 티를 벗은 어린 소였다. 한두 해만 더 키워서 내다 팔면 몇 천 위안은 받을 수 있을 터였다. 그런데 잡아먹자니! 내가 다 아까운 마음이 들어서 충동적으로 말리고 나섰다.

"아녜요, 저는 채소 요리가 더 좋아요."

나는 말을 하자마자 곧 후회했다. 근방 백 리 안에 인가라고는 이 집뿐인 이곳에서, 더군다나 아직 풀조차 나지 않은 5월에 어디서 신선한 채소를 구한단 말인가!

아니나 다를까 남편은 내게 눈을 부라렸고 아버님은 어찌할 바를 몰라 손을 비볐다.

"그러냐? 그럼 어쩌지?"

남편이 내게 눈짓을 하며 말했다.

"저 사람은 말린 나물을 좋아해요, 아버지!"

나는 질세라 고개를 끄덕이며 웃어 보였다.

아버님은 실망한 기색이 역력했지만 결국 우리의 만류에 따라 닭 두 마리를 잡는 것으로 만족했다. 손질한 닭을 어머님에게 요리하라고 넘긴 후, 아버님은 아궁이 앞에 쭈그리고 앉아 불을 지피며 아쉽다는 듯 말했다.

"어째서 고기를 안 좋아할꼬? 바오인만 좋은 일을 시켰구나!"

나는 곁에서 맞장구를 쳤다.

"그러게요. 집에 오면서도 내내 헤매기만 하고, 잘한 것 하나 없는데 말이죠!"

길을 헤맸다는 소리에 아버님이 갑자기 신이 나서 말했다.

"내가 너희 집에 갈 때 말이다, 항상 기차역에서 6번 버스를 타고 가는데 갑자기 너희 동네 이름이 생각나지 않는 거야. 다행히 여덟 정거장을 가야 했던 게 기억나 문 옆에 서서 정거장을 세면서 갔단다. 그런데 중간에 하나를 빠뜨렸는지 어쨌는지, 한 정거장 뒤에 내렸지 뭐냐!"

아버님은 어린아이처럼 순진하게 당신의 실수를 나에게 자랑하듯 털어놓았다. 그리고 잎담배를 말아 피우며 흡족함과 수줍음이 동시에 묻어나는 눈빛으로 우리를 사랑스럽게 바라보았다.

5

집으로 돌아온 후, 나와 바오인은 사소한 일로 말다툼을 벌였다. 한창 냉전중인데 마침 아버님에게 전화가 걸려 왔다.

"어멈아, 내가 또 엉뚱한 정거장에 내린 모양이다. 혹시 시간이 되면……"

나는 본능적으로 '아버님, 또 맛있는 거 가지고 오셨어요?' 라며 반갑게 대하고 싶었지만 아직 남편에게 마음이 풀리지 않은 탓에 그만 무뚝뚝하게 대답하고 말았다.

"죄송한데 저 지금 많이 바빠요, 아버님. 바오인한테 전화해 보세요."

퇴근해서 집에 와 보니 아무도 없었다. 나는 아버님이 또 남편에게 연락을 안 했나 싶어 덜컥 걱정이 됐다. 그래서 남편에게 전화를 했는데, 미처 말도 꺼내기 전에 남편이 다급히 외쳤다.

"아버님이 쓰러지셨어! 지금 병원으로 가는 길이야."

쓰러지셨다고? 갑자기 머릿속이 하얗게 변했다. 친정아버지가 돌아가신 날, 엄마가 내게 전화로 '아버지 지금 가셨다' 라고 말했을 때 나는 그 말뜻을 한 번에 이해하지 못했었다. 그리고 몇 년이 지난 지금, 나를 친딸처럼 아껴 주신 시아버지가 '쓰러졌다' 는 것이 무슨 말인지도 알 수가 없었다. 혹시……?

나는 엄청난 두려움에 휩싸여 정신없이 택시를 잡아타고 병원으로 달려갔다.

한때 위급한 상황까지 갔지만 다행히도 아버님은 꿋꿋이 이겨 내셨다. 퇴원 후 우리는 아버님을 집으로 모셔 왔다. 가벼운

뇌출혈이라고는 하지만 예전에 비해 말이 어눌해지는 등 여전히 누군가의 돌봄이 필요했기 때문이다.

어느 날, 남편이 가족 행사를 찍은 CD들을 정리하다가 그중 하나를 우연히 아버님께 보여 드렸다. 그런데 그게 하필이면 친정아버지의 장례식이었다. 내가 CD를 바꾸려고 했지만 아버님은 끝까지 보겠다고 고집을 부렸다. 그러다 당신이 친정아버지의 영전 앞에서 절을 하고 무어라 말하는 장면에 이르자 갑자기 어린아이처럼 목 놓아 울기 시작했다. 우리는 깜짝 놀라 어찌할 바를 모르고 아버님을 바라보기만 했다. 한참 후, 겨우 눈물을 그친 아버님이 울먹이는 목소리로 말했다.

"어멈아, 저 날 말이다, 네 아버지에게 앞으로는 내가 너의 친아버지가 돼서 잘 돌봐주겠다고 약속했단다. 그런데 그러기는

커녕 오히려 짐이 되고 있구나······."

나는 가슴이 먹먹해졌다. 그동안 내게 끊임없이 먹을거리와 물건들을 가져다주고, 나를 투야라고 부르고, 친정아버지의 영전 앞에 그런 약속을 한 것 모두가 아버님이 나를 사랑하는 방식이었다. 그런데 나는 그것도 모르고 때로는 귀찮아 하고, 오해하고, 심지어 싫어한 것이다.

눈물이 끝없이 흘렀다. 나는 아버님의 손을 꼭 잡고 말했다.

"아버님, 금방 괜찮아지실 거예요. 제가 양고기 요리 많이 해 드릴게요. 저희 차도 사 주시기로 했잖아요. 꼭 건강해지셔야 해요. 그리고 이제부터는 저를 투야라고 불러 주세요."

아버님은 깊게 주름진 얼굴로 나를 바라보았다. 그리고 잠깐 미소를 지어 보이더니 마침내 뜨거운 눈물을 흘렸다.

사람마다 사랑을 표현하는 방식이 다르다.

때로는 열린 마음과 진심을 모아야 하지만 서툰 방식 속에

숨겨진 깊은 사랑을 발견할 수 있다.

그렇게 발견한 사랑은 무엇보다도 귀하고 값지며,

깊은 감동을 전해 준다.

무무木木

눈먼 사랑의 노래

왕샤오마오王小毛

1

무광이 예밍을 찾아 낸 곳은 학교 맞은편의 허름한 백반집에서였다. 먼지투성이 점퍼 차림에 지저분한 수염, 탁한 눈빛의 예밍은 가게 구석에 앉아 마지막 술을 남김없이 들이켜고 아쉬운 듯 입맛을 다셨다. 그런 뒤 젓가락으로 땅콩을 집으려 했으나 땅콩이 이리저리 구르는 통에 애를 먹었다. 다른 것을 집어도 좋으련만 그는 고집스레 같은 땅콩만 공략했고, 마침내 집어서 입에 넣는 데 성공했다. 땅콩을 천천히 씹으며 예밍은 멍하니 먼 곳을 바라봤다.

무광은 예밍의 넓어진 이마와 뿌리가 희끗희끗한 머리칼을 보며 가슴이 아팠다. 눈에 띄게 늙어 버린 그의 모습이 처량하고 눈물겨웠다. 무광은 잠시 마음을 가라앉히고 조용히 그를 불렀다.

"예밍."

예밍은 그제야 망연한 눈길을 그에게 향했다.

2

얼마 전, 무광은 병원의 왕 선생에게서 메이즈의 병세가 심각하지 않다는 설명을 들었다. 유방암 초기라 적절한 치료만 받으면 얼마든지 완치될 수 있다는 희소식이었다. 왕 선생은 목숨이 위험한 것도 아니니 무엇보다도 긍정적인 태도와 마음가짐이 중요하다고 당부했다.

그러나 메이즈는 치료를 받지 않겠다고 했다.

이 말을 할 때 그녀는 무서울 정도로 온화하고 침착해서 마치 남의 일을 말하는 것 같았다.

메이즈는 입원 이틀 만에 무광이 회사에 간 틈을 타서 몰래 집으로 돌아왔다. 병원에 누워 있기에는 그녀가 신경 써야 할 일이 너무나 많았기 때문이다. 자잘한 살림은 물론, 중풍으로 거동이 불편한 시어머니와 입양한 지 얼마 안 된 어린 자식을 돌볼 사람도 그녀뿐이었다. 무광이 기르는 관상용 물고기며 가족들의 식사, 하다 못해 집안 청소까지 전부 마음에 걸렸다. 그녀는 자신의 손길이 닿지 않으면 무엇 하나 제대로 돌아가는 것이 없다는 것을 잘 알고 있었다.

무광이 퇴근 후 집에 돌아왔을 때 메이즈는 산더미처럼 쌓인 빨래를 하고 있었다. 그는 아무 말 없이 그녀를 끌고 병원으로 가려 했지만 곧 완강한 거부에 부딪혔다.

"싫어."

"그럼 가정부 아줌마를 다시 부르자."

"싫다니까."

"대체 어쩌자는 거야?"

"그냥 이대로 둬."

그녀는 고집스레 빨래를 마치고 세숫대야에 물을 떠서 누워 있는 시어머니의 몸을 닦았다. 그런 뒤 위층 안방으로 올라가 아이를 재우고, 아이가 잠든 후에는 무광에게 밤참을 챙겨 주었다. 그녀의 생활은 무광 중심으로 돌아갔다. 그리고 그녀는 평범한 일상이 주는 익숙한 무게를 놓아 버리기가 너무도 아쉬웠다.

지난 7년 동안 그녀는 줄곧 이렇게 살아 왔다. 심지어 임신을 했을 때도 마찬가지였다.

그날 저녁, 평소처럼 물이 가득 담긴 세숫대야를 들고 시어머니의 방으로 들어가는데 무광이 그녀의 바지통 밑으로 붉은 피가 흐르는 것을 발견했다. 병원으로 가는 내내 그녀는 눈물 한 방울 흘리지 않았다. 의사에게 앞으로 다시는 임신할 수 없다는 말을 들었을 때도 그랬다.

그리고 지금, 불과 며칠 전에 유방암 판정을 받고도 메이즈는 늘 하던 대로 엎드려서 걸레질을 하고 있었다. 무광은 말할 수 없는 답답함을 느끼며 저도 모르게 소리쳤다.

"그만! 메이즈, 이제 제발 그만해!"

그러나 그녀는 고개조차 들지 않고 묵묵히 바닥만 닦았다.

3

메이즈는 원래 이런 여자가 아니었다.

아주 오래전, 그녀는 긴 생머리에 웃는 얼굴이 상큼한 예쁜 아가씨였다. 무광은 그녀가 기숙사에서 뛰어나와 환하게 웃으며 예밍의 자전거 뒷자리에 폴짝 올라타는 모습을 여러 번 보았다. 은행나무 길을 지나는 동안 예밍의 낡은 자전거는 줄곧 갈지 자로 비틀거렸지만 누구도 내릴 생각을 하지 않았다. 그들의 뒷모습을 바라보며 무광은 은행잎 사이로 쏟아지는 햇살이 메이즈에게 비춰 금싸라기로 변하는 듯한 착각을 느꼈다.

그는 예밍 못지않게 그녀를 사랑했다. 그녀가 타고 있는 것이 그의 자전거이기를, 그녀가 꼭 껴안고 있는 것이 그의 허리이기를 얼마나 간절히 바랐는지 모른다. 그는 그렇게 졸업할 때까지 메이즈를 남몰래 사랑했다.

졸업한 뒤, 예밍은 해외로 유학 갈 기회를 얻었다. 송별회 자리에서 예밍과 메이즈는 모두 앞에서 영원한 사랑을 맹세했다.

무광은 은연 중에 몸이 멀어진 만큼 두 사람의 마음도 멀어지기를 바랐지만 그들의 사랑은 오히려 더욱 뜨겁게 불타올랐다. 별다른 사건이 터지지 않는 이상 두 사람이 영원히 함께하는 것은 이미 기정사실이 된 것 같았다.

그즈음, 무광이 동창회 모임을 계획했다. 장소는 시 외곽의 리조트였다. 오랜만에 한 자리에 모인 동창들은 밤새 술을 마시며 회포를 풀었다. 하지만 분위기가 좋을수록 메이즈는 예밍이 더욱 그리워졌다. 모두가 그 자리에 있는데 유일하게 예밍만 없었기 때문이다. 쓸쓸해진 메이즈는 혼자 자리를 빠져나와 강가를 거닐었다. 잠시 후, 무광이 따라 나왔다. 둘은 예밍에 대해 이야기했고 메이즈는 자신도 모르게 눈물을 흘렸다.

술을 많이 마셨기 때문일까, 아니면 너무나 외로웠기 때문일까. 그날 밤, 누구도 상상하지 못했던 일이 벌어지고 말았다.

다음 날 아침, 눈을 뜬 메이즈는 무광에게 안겨 있는 자신을 발견하고 소스라치게 놀랐다. 그녀의 몸에는 지난밤의 격렬한 흔적이 고스란히 남아 있었다. 침대보 위에 선명하게 남은 붉은 색 혈흔은 그녀가 예밍을 배신했다는 명백한 증거였다.

술김에 벌어진 일이었지만 후폭풍은 엄청났다. 대체 누가 말을 옮겼는지는 모르지만 이 일은 곧 바다 건너 예밍의 귀까지 들어갔다. 그것도 메이즈가 돈에 눈이 멀어서 몸으로 무광을 유혹하고 지고지순한 남자 친구를 배신했다는 식으로 변질되어서 말이다. 또한 예밍은 자기 여자 친구가 무슨 짓을 하고 돌아다니는지도 모르는 바보 같은 남자가 되어 있었다.

어쩌면 메이즈가 무광을 선택한 것이 당연한지도 몰랐다. 무광은 그녀를 끔찍하게 사랑했고 경제력도 갖춘 사람이기 때문이다. 예밍이 나중에는 그보다 더 능력 있는 사람이 될 가능성도 없지 않았지만, 어쨌든 지금 당장은 무광의 조건이 더 좋았다. 그러니 굳이 물욕에 홀려 버린 요물 같은 여자가 아니어도 누구나 그를 선택하지 않겠는가! 사람들은 모두 그렇게 쑥덕였다.

4

그러나 예밍은 사람들이 생각하는 것 이상으로 메이즈를 사랑했기에 졸업까지 불과 1년밖에 남지 않았는데도 모든 것을 포기하고 귀국길에 올랐다. 자신의 눈으로 확인하고 귀로 듣기 전까지는 아무것도 믿을 수 없었기 때문이다. 하지만 그가 마주한 현실은 가혹했다. 예밍이 찾아갔을 때, 두 사람은 이미 결혼 식장에 들어서고 있었다.

손가락에 3캐럿짜리 다이아 반지를 끼고 순백색의 웨딩드레스를 입은 메이즈와 당당하게 어깨를 펴고 활짝 웃는 무광은 그야말로 그림처럼 아름다운 한 쌍이었다. 그에 비해 예밍은 한동안 제대로 자지도, 먹지도 못한 탓에 꼴이 형편없었다. 예밍은 자신의 초라한 모습에 실망하고, 메이즈가 낀 커다란 다이아 반지의 빛에 압도당했다. 그래서 메이즈의 눈가를 적시는 눈물도 보지 못했다. 결국 그는 도망치듯 그 자리를 빠져 나왔다.

그날 이후 예밍은 한없이 추락하기 시작했다. 공부도 그만두

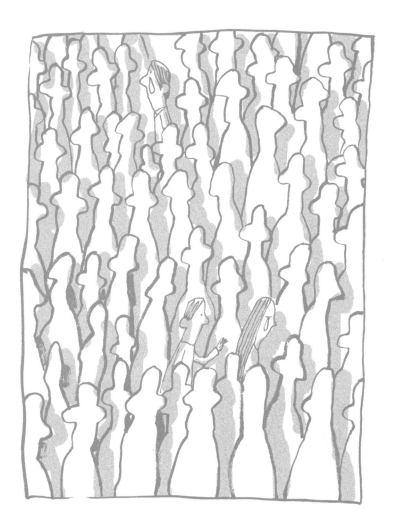

고 직장도 잡지 않았다. 생활은 갈수록 피폐해졌고, 사람은 그보다 더 메말라 갔다. 결국 보다 못한 옛 은사가 학교 도서관에서 일할 수 있도록 도와주었다.

예밍이 그렇게 망가지는 동안 그가 사랑하고 또 증오하는 메이즈 역시 자신만의 방식으로 스스로를 학대하고 있었다. 무엇보다도 그녀를 괴롭힌 것은 예밍에게 제대로 해명하지 못했다는 점이었다. 사실 그녀는 여전히 예밍을 사랑했지만 무광과 결혼할 수밖에 없었다. 그의 아기를 가졌기 때문이다. 게다가 그녀의 아버지가 돈이 없어서 신장 수술을 받지 못하고 있을 때 무광이 준 30만 위안 덕분에 위기를 넘긴 것도 그녀에게는 엄청난 빚으로 남아 있었다. 하지만 이 같은 사실을 예밍이 알 리 없었다. 결국 그녀는 죄책감에 하루가 다르게 쇠약해져 갔다.

5

"메이즈 때문에 찾아왔어."

무광이 어렵게 입을 열었다. 그녀의 이름을 듣자마자 예밍의 눈빛이 복잡해졌다.

"그녀가…… 병에 걸렸어."

"뭐라고?"

"유선암이야. 다행히 초기라 빨리 치료하기만 하면 완치될 수 있대. 문제는 메이즈가 치료를 거부한다는 거야."

예밍은 퉁기듯 자리에서 일어났다.

"넌 대체 여기서 뭘 하고 있어! 어서 병원에 데려가!"

무광이 씁쓸하게 웃었다.

"내 말 못 들었어? 그녀가 거부한다니까."

예밍을 올려다보며 그가 말을 이었다.

"사실 요 몇 년 간 그녀는 행복하지 못했어. 자네에 대한 미안함 때문이었지. 오늘 내가 자네를 찾아온 건 사실을 털어놓기 위해서야. 내가 예전부터 메이즈를 사랑했다는 걸 아나? 자네가 떠난 후에 난 그녀가 마음이 변하기를 기대했어. 하지만 그녀는 여전히 자네만 사랑했지. 나는 자네가 부럽고, 또 미웠어. 그래서 그 동창회를 계획했는지도 몰라."

"그날 밤, 나는 일부러 자네의 이야기를 꺼내서 그녀의 상처를 자극했어. 그런 뒤에 그녀의 술에 약을 타서 정신을 잃게 하고 내 방으로 데려왔지. 나는 더러운 방법으로 그녀를 취하고 아기까지 갖게 만들었어. 그녀에 대한 몹쓸 소문을 퍼뜨려서 자네 귀에 들어가게 한 것도 나야."

무광은 흐느끼기 시작했다.

"자네와 메이즈를 망가뜨린 것도, 오늘의 이 비극을 만든 것도 모두 나라고!"

예밍은 뚫어져라 무광을 바라봤다. 그의 입가가 부들부들 떨리며 울음소리 같은 웃음이 새어 나왔다.

"나도 지난 세월 동안 죄책감에 시달렸어. 그녀가 치료를 거부하고 말라가는 것도 전부 나의 이기심 때문이야. 더 늦기 전에 그녀를 자네에게 되돌려주겠어. 그러니 함께 가서 그녀를 설득해 줘. 제발, 치료를 받으라고 말해 줘. 경제적인 부분은 내가 모두 책임질 거야. 그게 이 비극을 초래한 원흉으로서 내가 할 수 있는 마지막 사죄니까."

6

7년 만이었다. 아니, 마지막이 결혼식이었음을 감안하면 두 사람이 만나는 것은 7년도 훨씬 더 된 일이었다. 왜냐 하면 메이즈는 계속 눈물을 머금고 있느라 예밍을 보지 못했고, 예밍은 커다란 다이아 반지의 빛에 눌려 메이즈의 얼굴도 제대로 보지 못했으니까.

남자란 어쩌면 이렇게도 어리석은지! 예밍도 무광도 메이즈를 진심으로 사랑했지만 둘 다 이기적인 방식과 독선적인 생각에서 벗어나지 못했다. 무엇보다 그들에게는 진정한 사랑조차 넘지 못할 장벽이 있었다. 바로 소유욕이었다. 두 남자의 소유욕과 쓸데없는 자존심 다툼의 틈바구니에서 메이즈만 희생된 것이다.

침대 위의 메이즈는 앙상하고 창백했다. 창밖에는 새가 지저귀고 꽃과 나무가 한창 피어나는 따뜻한 계절이건만 그녀는 여

전히 겨울의 한 가운데 있었다. 그리고 그녀는 그 추운 겨울에 파묻힌 채 죽기만을 기다리고 있었다.

무광이 나직하게 말했다.

"메이즈, 일어나봐. 예밍이 왔어."

메이즈는 반짝 눈을 떴다. 까만 눈동자에 갑자기 알 수 없는 힘이 어렸다. 그녀는 예밍을 뚫어져라 바라봤다. 눈 한 번 깜빡이지 않고, 온 힘과 마음을 다해, 시간이 멈추기라도 한 것처럼 한참을 그렇게 바라봤다. 그러더니 힘겹게 몸을 일으켜서 침대 아래로 내려왔다. 예밍이 황급히 다가가 그녀를 부축하며 떨리는 목소리로 말했다.

"움직이지 말고 그냥 누워 있어."

메이즈는 입을 벌리고 한동안 가쁜 숨을 몰아쉬었다. 잠시 후, 그녀가 가까스로 몇 마디를 했다.

"나는 그저, 당신에게 앉을 의자를 가져다 주려고⋯⋯."

그녀의 눈에서 뜨거운 눈물이 방울방울 떨어졌다.

7

메이즈는 마침내 치료에 동의했다. 화학요법을 받는 동안 그녀를 가장 괴롭힌 것은 통증이 아니라 뭉텅뭉텅 빠지는 머리칼이었다. 다시는 예밍에게 예쁜 모습을 보이지 못하게 될까 봐 두려웠던 것이다.

두 달 뒤, 병세가 빠른 호전을 보이면서 메이즈는 퇴원하게 되었다. 무광은 약속한 대로 이혼 서류에 사인을 했다. 그는 위자료로 자신의 재산을 반 이상 주겠다고 했지만 메이즈는 거절하고 자기 이름으로 된 통장 몇 개만을 챙겼다. 예밍 역시 다른 사람의 도움을 받지 않고 자신의 힘으로 메이즈를 돌보겠다는 뜻을 분명히 했다.

메이즈와 예밍은 곧 무광의 인생에서 완전히 사라졌다. 그래도 가끔씩 바람결에 소식이 들려왔다. 두 사람이 결혼한 뒤 다른 도시에서 살림을 꾸렸다거나, 다행히 메이즈의 병이 재발하지 않아 행복하게 잘 살고 있다는 등의 소식이었다.

무광은 예밍의 단골 가게였던 그 허름한 백반집에 가서 술 한 병과 안주 몇 가지를 시켜 놓고 혼자 술잔을 기울였다. 문득 메이즈가 생각나면 젓가락으로 땅콩을 집는 데 온 신경을 쏟았다. 그리고 과거에 예밍이 그랬던 것처럼 땅콩을 씹으며 멍하니 먼곳을 바라봤다.

그날 그 리조트에서, 메이즈는 술기운에 무광을 예밍으로 착각했다. 그때 그녀가 마신 술은 달콤하고 진한 맛이 특징인 최고급 황주였다. 그리고 아무 약도 들어 있지 않았다.

어쩌면 이것이 운명이리라. 오랜 세월이 지난 후에야 비로소 진정한 사랑이란 무엇이며, 어떻게 사랑해야 하는지를 깨달은 무광은 운명을 담담히 받아들였다.

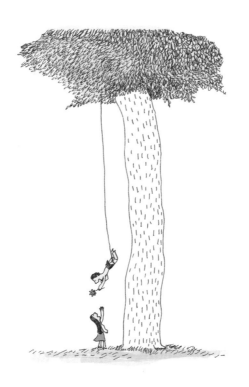

젊은 시절에는 누구나

자신이 옳다는 착각 속에 빠진 채

사람을 대하고 사랑을 한다. 그러나 세월은 천천히,

확실하게 진정한 사랑이 무엇인지를

우리에게 가르쳐 준다.

그 가르침을 담담히 받아들일 때,

우리는 비로소 헛된 욕망에서 벗어나

참된 사랑을 이룰 수 있다.

무무木木

세상에서 가장 소중한 1년

시시미마西西密碼

철없는 시절에는 부모의 사랑이 얼마나 깊고 간절한지 알지 못한다. 그래서 심지어 귀찮게 여기기도 한다. 나에게 끝없이 관심을 보이며 사소한 안부 하나까지도 챙겨 물을 수밖에 없는 부모의 마음과 사랑을, 우리는 어째서 돌이킬 수 없는 때가 되어서야 깨닫는 것일까.

1

그와 엄마의 결혼은 집안 어른들이 밀어붙인 것이었다. 억지 춘향이라 할지라도 어쨌든 남녀가 한 방을 쓰면 결국 달라지리라고 믿었던 모양이다. 실제로 엄마의 배가 나날이 불러오기 시작하자 양가 어른들은 한시름 놓았다. 아이도 생겼으니 남자가 마음 잡으리라고 기대한 것이다. 그러나 내가 태어나기 몇 달 전, 그는 갑자기 종적을 감췄다. 마을에서 재봉일을 배우던 샤오샤오멍도 함께였다. 엄마와 결혼하기 전부터 두 사람은 연인 사이였다고 했다. 그런 것을, 샤오샤오멍은 제대로 된 직업도 없고 집에 자매가 많다는 이유로 나의 조부모가 갈라 놓은 것이다.

두 사람을 확실히 떼어 놓기 위해 조부모는 황급히 엄마를 집에 들였다. 엄마 역시 제대로 된 직업은 없었지만 대신 작은 잡화점을 하는 좋은 집안의 외동딸이었다. 당시 시청에서 운전사로 일했던 그도 엄연히 말하자면 나라의 녹을 먹는 좋은 직업을 가지고 있었기 때문에 어른들 눈에 둘은 잘 어울리는 한 쌍으로 보였던 모양이다.

처음에는 남자도 부모님의 뜻에 고분고분 따르는 듯했다. 그러나 겉으로만 그랬을 뿐, 뒤로는 남몰래 샤오샤오멍과 백년가약을 맺었다. 고분고분한 모습은 단순히 어른들의 관심을 불식시키기 위한 계책이었던 셈이다. 그러다 엄마가 임신 7개월째에 접어들던 어느 날, 그는 '아이를 지우고 다른 사람을 만나 행복하게 사시오' 라는 쪽지 한 장을 남기고 샤오샤오멍과 사라져 버렸다.

남녀가 눈이 맞아 야반도주하면 가문의 치욕이 되는 시절이었다. 그 탓에 나의 조부모는 꽤 오랫동안 남들이 욕할 것이 두려워서 바깥출입도 제대로 하지 못했다. 그러나 엄마는 끝까지 눈물 한 방울 흘리지 않았다.

"그 사람은 이제 죽은 사람이에요. 아이는 나 혼자서도 키울 수 있어요."

　엄마의 결심은 굳건했지만 나를 키우는 일은 처음부터 난관에 부딪혔다. 그가 갑자기 사라진 데 충격을 받았는지, 예정일보다 두 달이나 앞서 세상에 나왔기 때문이다. 나는 곧장 인큐베이터에 들어갔고 태어난 지 일주일 만에 겨우 엄마 품에 안겼다. 그러나 반 달 후 엄마가 퇴원했을 때 나는 엄마와 떨어져 다른 병원으로 옮겨졌다.

　패혈증에 황달 수치까지 높았던 나는 어린이 병원에서 집중적인 치료를 받았다. 엄마도 몸 상태가 온전치 않았지만 매일 나를 보러 병원에 왔다. 면회는 일주일에 한 번으로 제한되어 있었기에 거의 대부분 유리창 너머에서 나를 하염없이 바라보기만 했다. 손에 닿지 않는 곳에서 내가 울고 토하고 발 구르고 얼굴 찌푸리는 모습을 보면서 엄마는 온몸이 눈물로 만들어진 사람처럼 끝없이 울었다. 그렇게 20여 일 후, 마침내 퇴원해도 된다는 허락이 떨어졌다. 그러나 고된 병원 생활 탓인지 태어날 때 2.5킬로그램이었던 몸무게는 2킬로그램으로 줄어 있었고, 온몸에 뼈가 앙상했다.

　다른 아기들이 먹고 자고를 반복하며 대나무순처럼 자라는 동안 나는 사흘이 멀다 하고 병치레를 하느라 살이 오르기는커녕 나날이 말라 갔다. 그래서 6개월이 될 때까지 엄마는 감히 나를 데리고 문 밖에 나갈 엄두조차 내지 못했다. 병원에 예방

주사를 맞히러 갈 때는 남들이 동정어린 눈빛으로 볼까 봐 이불과 포대기로 나를 몇 겹이나 둘러쌌다. 엄마는 잠도 제대로 자지 못했다. 한밤중에 몇 번이나 일어나 나를 먹이고 달래고 젖은 기저귀를 갈아 주어야 했기 때문이다. 게다가 나는 예민해서 한번 깨면 잘 잠들지 않았다. 그래서 엄마는 나를 업고 서성이다가 밤을 지새우는 날이 많았다.

내가 3개월이 되었을 때 유달리 추운 겨울이 찾아왔다. 나는 감기에 걸려서 내내 고열에 시달렸고 곧 숨이 끊어질 것처럼 기침을 해 댔다. 이미 차도 끊긴 시간, 밖은 칠흑처럼 어두웠지만 엄마는 아랑곳없이 나를 안고 병원으로 달려갔다. 도중에 손전등마저 고장 나는 바람에 가로등 하나 없는 어두운 길을 더듬더듬 가다가 그만 길 옆 도랑에 빠지고 말았다. 다행히 물이 깊지 않은 도랑이었지만 겨우 빠져 나왔을 때는 이미 온몸이 흠뻑 젖은 뒤였다. 그런 와중에도 포대기로 꼭꼭 싸서 품에 매달아 둔 덕분인지 나는 여전히 깊은 잠에 빠져 있었다.

하지만 엄마는 우는 소리가 들리지 않자 내가 잘못된 줄 알고 겁에 질려서 나를 흔들어 대며 오열했다.

"이성一生아, 내 새끼, 구사일생으로 얻은 귀한 내 새끼! 이렇게 가면 안 된다. 너의 아버지처럼 양심 없이 나를 버리고 가면 안 돼! 이성아!"

나의 이름은 뤄이성羅一生. 엄마가 지어 주신 것이었다. 성도 엄마의 성을 따랐다. 물론 조부모는 이를 탐탁지 않게 여겼지만 아들이 저지른 일 때문에 결국 아무 말 못하고 엄마의 뜻을 받아들였다.

아기였을 때 나는 수시로 병원을 들락거렸다. 그래서인지 일주일만 병원에 가지 않아도 엄마는 이제 건강해진 모양이라며 세상을 다 얻은 듯 기뻐했다. 엄마가 가장 두려워하는 일은 내가 병원에서 수액을 맞는 것이었다. 워낙 핏줄이 가늘고 잘 보이지 않아서 아무리 노련한 의사라도 한 번에 바늘 꽂기에 성공한 적이 없기 때문이다. 나는 수액을 맞을 때마다 목이 찢어져라 울었고, 엄마도 옆에서 같이 울었다.

한번은 간호사가 바늘 꽂기를 다섯 번이나 실패한 적이 있었다. 머리는 물론 다리, 등까지 시도한 탓에 나의 몸은 온통 빨간 자국으로 뒤덮였다. 결국 참다 못한 엄마는 의사에게서 나를 빼앗아 들며 외쳤다.

"됐어요, 그만해요! 다른 병원으로 갈 테니 그만하라고요!"

엄마는 정말로 한달음에 다른 병원으로 갔다. 그리고 문을 열고 들어서며 다짜고짜 어느 의사가 제일 바늘을 잘 놓느냐고 소리 질렀다. 사정을 모르는 사람들은 그런 엄마를 미친 사람 보듯 쳐다봤다. 어쨌든 내가 무사히 바늘을 꽂고 수액을 맞는 동안, 엄마는 화장실에 숨어서 귀를 막고 흐느꼈다. 내가 처량하게 우는 소리를 더 이상 들을 수가 없었던 것이다.

어려서부터 잔병치레가 많았기 때문인지 엄마는 나를 심하다 싶을 정도로 싸고돌았다. 나 역시 엄마에 대한 의존도가 거의 집착 수준이어서 다른 사람의 손길은 모두 거부하고 오직 엄마 곁에만 붙어 있었다. 심지어 엄마가 화장실을 가면서 나를 잠시 할아버지나 할머니 손에 맡기면 내 눈앞에 엄마가 다시 나타날 때까지 온 동네가 떠나가라 울었다.

나를 기르면서 엄마는 나날이 수척해졌다. 그 모습이 안쓰러 웠던 할머니는 아들을 욕하고, 샤오샤오밍을 욕했다. 개 같은 년놈이라며 싸잡아 저주할 때도 있었다. 그렇게 한바탕 욕을 퍼 붓고 난 뒤에는 엄마를 위로하며 말했다.

"그래도 애가 있으니 언젠가는 돌아올 게다."

엄마는 고개를 저었다.

"제일 힘든 시기도 혼자 이겨냈는데, 이제 와서 남편이 뭐가 필요하겠어요. 솔직히 저는 그 사람이 평생 돌아오지 않았으면 좋겠어요. 아니, 뻔뻔하게 돌아온다면 제가 죽여 버릴 거예요."

그러면 할머니는 한숨을 쉬며 이렇게 중얼거렸다.

"그런 말 마라. 아무리 방탕한 놈이라도 잘못을 뉘우치면 금 보다 귀하다는 옛말도 있지 않니! 지금은 그 녀석이 엉뚱한 곳 에서 헤매고 있다만 머리통 깨지고 피 좀 흘리고 나면 집만큼 좋은 곳이 없다는 걸 금세 깨달을 게다."

2

할머니의 말이 맞았다. 내가 한 살하고도 3개월이 된 어느 날, 그가 돌아온 것이다. 아마 바깥세상에서 본 그는 생각만큼 매력적이지도, 의지할 만하지도 않았던 모양이다. 샤오샤오멍은 다른 남자와 눈이 맞아 도망가 버렸고 그는 싸움에 진 개처럼 축 처져서 집으로 돌아왔다.

당시에 나는 이미 부쩍 자라서 말도 할 줄 알고 종일 엄마 뒤를 졸졸 따라다니며 안아 달라고 조를 만큼 걸음도 잘 걸었다. 낯도 꽤 가리는 편이어서 처음에는 집에 갑자기 나타난 낯선 사람이 너무나도 무서웠다. 하지만 할머니는 자꾸만 엄마 치마폭에 숨은 나를 억지로 끌어 내어 그에게 '아빠'라고 불러 보라고 시켰다. 내가 뚫어지게 바라만 볼 뿐 아무 말도 하지 않자 할머니는 답답하다는 듯 나를 재촉했다.

"얘가 아빠 소리를 못해서 그러나? 얼마 전에 아빠 사진 보고는 '아빠' 그랬잖아. 이성아, 아빠라고 해봐. 너 준다고 장난감도 사 오셨다. 아빠라고 부르면 주실 거야. 응?"

분명히 그의 사진을 보고 아빠라고 한 적은 있었다. 그러나 그것은 토끼를 보면 '토끼'라 하고, TV에 나온 노인을 보면 '할아버지'라고 부르는 것과 마찬가지였을 뿐이다. 나중에는 할아버지까지 합세하여 내 입에서 '아빠' 소리를 끌어 내기 위해 애썼지만 나는 끝까지 아무 말도 하지 않았다. 대신 내 앞에서 만면에 미소를 지으며 팔을 벌리고 있는 그 남자를 멍하니 바라보다 결국 엄마 품속으로 뛰어들었다. 그러자 그는 등 뒤에서 인형을 꺼내어 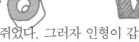 내게 주며 말했다.

"자, 이것 보렴. 이게 뭘까?"

나는 무심결에 인형을 꽉 쥐었다. 그러자 인형이 갑자기 큰 소리를 냈다.

"배고파요, 배고파요, 아빠, 아빠!"

나는 깜짝 놀라서 인형을 던지고 울음을 터뜨렸다. 그러자 엄마가 나를 안아 토닥이며 말했다.

"울지 마, 아가. 괜찮아. 우리는 아빠가 없어. 양심 없는 아빠 따위, 우리는 필요 없어."

필요 없다고 하면서도 엄마는 그와 이혼하지 않았다. 어쩌면 애 딸린 몸으로는 재가하기가 쉽지 않아서일 수도 있고, 할아버지와 할머니가 극구 만류해서일 수도 있다. 또 평생 그의 곁에 머물며 복수하기 위함일 수도 있고, 다시는 샤오샤오밍을 찾지 않겠다고 맹세한 그의 눈빛에서 한 줄기 희망을 발견했기 때문일 수도 있다. 이유가 어찌 됐든, 엄마는 결국 그를 용서했다.

그러나 나는 용서하지 못했다. 용서는커녕 순간순간마다 이 '불청객'에 대한 적개심을 숨기지 않고 드러냈다. 나는 그가 우리 침대에서 함께 자는 것을 허락하지 않았고, 나를 안거나 심지어 가까이 오는 것도 거부했다. 그가 주는 것이면 장난감도,

과자도 받지 않았다. 이뿐만 아니라 그가 엄마에게 가까이 가거나 엄마의 물건을 만지는 것도 막았다. 어쩌다 그가 엄마의 슬리퍼를 신거나 엄마가 마신 컵으로 물을 마시면 득달같이 달려들어 빼앗았다. 한번은 셋이서 상점에 갔는데 엄마가 옷을 입어 보느라 그에게 가방을 맡기자 내가 가방끈을 잡고 늘어지며 미친 듯이 엄마를 부른 적도 있었다.

처음에는 그도 참아 가며 나와 가까워지려고 노력했다. 그러나 내가 끝까지 질색하며 거부하자 결국 그의 인내심도 바닥이 나고 말았다. 어릴 적 나는 잘 우는 아이였다. 재밌게 보던 만화 영화가 광고 때문에 잠시 끊겨도 울었고 밥 먹을 때 엄마가 채소를 먹으라고 잔소리를 해도 울었다. 길을 걸을 때 엄마가 안아 주지 않으면 울었고 모기에게 물려도 울었다. 그리고 내가 울 때마다 그는 소리를 지르며 짜증을 냈다. 언젠가는 나를 대문 밖으로 쫓아 내고 10분 넘게 문을 걸어 잠그기도 했다. 엄마와 그는 나 때문에 종종 싸웠는데 싸울 때마다 엄마는 화를 참지 못하고 옛 일을 죄다 들춰 냈다. 물론 욕설과 함께 샤오샤오밍의 이름이 종종 언급됐다.

그러던 어느 날, 셋이서 시장을 다녀오던 때의 일이다. 나는 평소처럼 엄마에게 안아 달라고 칭얼대는 한편 엄마가 든 짐도 그에게 맡기지 못하게 해서 두 사람을 모두 난처하게 만들고 있었다. 결국 참다못한 그가 나를 휙 들어 어깨에 짊어졌다. 나는 질세라 신발이 벗겨질 정도로 발버둥을 치면서 그의 머리카락을 잡아 뜯었다. 그러자 그는 화가 머리끝까지 나서 내 엉덩이를 아주 세게 때렸다. 혼비백산한 나는 돼지 멱따는 소리를 내며 금방이라도 거품을 물 것처럼 울어제쳤다. 사람들의 이목이 집중되는 가운데 엄마가 나를 홱 빼앗아 안으며 애를 그렇게 세게 때리면 어떡하느냐고 질책했다. 그러자 그가 씩씩거리며 고함을 질렀다.

"당신이 애 버릇을 다 버렸어! 그러면서 나한테는 손 끝 하나 못 대게 하다니, 이런 식으로 하면 애를 망친다고!"

엄마 역시 지지 않고 소리쳤다.

"버리고 갈 때는 언제고 이제 와서 애비 노릇이야? 애가 당신을 이렇게 싫어하는 이유를 정말 몰라? 애 버릇 걱정하기 전에 당신 버릇부터 걱정해! 당신은 내 딸한테 손 댈 자격 없어!"

엄마의 독기 오른 일갈에 그의 얼굴이 창백해졌다.

"정말 남의 상처 들쑤시기 좋아하는 여자로군. 아주 지독해!"

"흥! 상처? 그런 소리를 하는 것 보니 아프긴 한가 보네. 그런데 그거 알아? 내 심장은 당신이 칼을 찔러 댄 바람에 지금도 피를 뚝뚝 흘리고 있어. 이런 내 앞에서 상처니 뭐니, 우는 소리 하지 마!"

"내가 없을 때도 우리 집에서 떠나지 않은 이유가 이거지? 내가 돌아오면 복수하려고, 그렇지?"

"떠나긴 내가 왜 떠나? 내가 무슨 떳떳치 못한 짓을 했다고?"

두 사람은 점점 목소리를 높이다 결국 백주대낮에 사람들이 보는 앞에서 서로 치고받기 시작했다. 엄마는 긴 손톱으로 그의 얼굴을 할퀴었고 그는 엄마의 머리칼을 한 뭉텅이 잡아 뜯었다. 나도 끼어들어서 그의 다리를 꽉 물어 버렸다. 그러자 그가 고통스런 비명을 지르며 나를 걷어찼다. 내가 휙 나가떨어져서 땅바닥에 쓰러지는 순간, 내 앞으로 오토바이가 무섭게 달려들었다. 만약 곁에 있던 한 아저씨가 재빠르게 나를 안아 올리지 않았다면 아마 오토바이 바퀴에 고스란히 깔리고 말았을 것이다.

그 아저씨는 나를 구하는 데서 그치지 않고 그의 멱살을 잡아 싸움을 말렸다. 주변의 구경꾼들도 하나같이 그를 욕했고, 오토바이 운전자는 경찰에게 신고하겠다며 휴대전화까지 꺼냈다. 그날 이후, 부부싸움을 할 때마다 엄마가 나열하는 그의 '죄상 목록' 에는 친딸을 죽이려 했다는 항목이 더해졌다.

나중에 조부모가 모아 둔 돈을 다 털어 화물 운송을 하라며 그에게 트럭 한 대를 마련해 주었다. 덕분에 그가 집에 있는 날이 확연히 줄어들었다. 그가 없을 때 난 장난기 많고 제멋대로 이지만 쾌활하고 천진했다. 그러나 그가 대문을 들어서는 순간부터 얌전하고 말수 적은 아이로 돌변해서 어떻게든 그와 마주치지 않으려고 전전긍긍했다. 그가 거실에 나오면 서재로 숨고, 침실로 들어오면 거실로 나갔다. 어쩌다 일이 없어서 그가 쉴 때면 엄마를 따라 가게에 나가서 하루 종일을 밖에서 지냈다.

어린 시절의 기억이 비교적 뚜렷해지기 시작한 것은 네 살 무렵으로, 갓 유치원에 들어갔을 때다. 하루는 엄마가 볼 일이 있어서 외가에 가는 바람에 그가 나를 데리러 온 적이 있었다. 나는 그를 보자마자 유치원 계단 난간에 매달려서 안 가겠다며 울었다. 그러자 선생님이 이상한 눈빛으로 그를 보며 내게 물었다.

"저 분이 네 아빠가 맞니?"

나는 울면서 고개를 저었고, 그는 난처한 표정으로 말했다.

"제가 아빠 맞습니다. 친아빠예요."

하지만 선생님은 믿지 않았고 엄마와 통화를 한 후에야 나를 그에게 넘겨 주었다. 죽어라 울던 나는 선생님의 시야에서 벗어나자마자 울음을 뚝 그쳤다. 더 이상 울 용기가 없었던 것이다.

그와 함께 차를 타고 돌아오는 동안 나는 최대한 몸을 웅크리고 숨소리조차 내지 않으려 애썼다. 그가 오늘 유치원에서 무엇을 했느냐고 물어도 입도 뻥끗하지 않았다. 아이스크림을 사 주겠다는 말에도 도리질만 쳤다. 그 순간 내가 바란 것은 오로지 하나, 어서 빨리 집에 돌아가서 엄마 품에 안기는 것이었다.

3

나는 조금씩 자라났다. 그리고 우연히 엿들은 엄마나 할머니, 외할머니, 이웃들의 이야기를 마음속에서 여러 번 곱씹었다. 이

과정을 통해 나는 '배신'과 '버리다'라는 말의 의미를 알게 됐다. 내가 처음 그에게 느꼈던 거부의 감정이 단순히 낯설음에서 비롯된 것이었다면 아홉 살 이후부터는 그가 엄마를 부당하게 대한 것 때문에 진심으로 그를 증오했다.

"엄마는 왜 아빠랑 이혼 안 해?"

엄마는 내가 이렇게 물을 때마다 알쏭달쏭한 대답만 했다.

"너는 아직 어려서 이해할 수 없는 일이 아주 많단다."

사실 이때 엄마는 이미 그를 상당 부분 용서한 뒤였고, 두 사람의 관계도 조금씩 나아지는 중이었다. 그래서인지 언젠가부터는 엄마가 나서서 그와 나 사이에 중재자 역할을 자처하기 시작했다. 예를 들어 내가 맛있는 간식을 사 오면 남겨 뒀다가 그에게 '딸이 당신 준다고 사 온 거니까 드세요'라고 하는 식이었다. 또 새해나 크리스마스, 추석 같은 때 카드를 만들어 드리면 '엄마께'라는 글 앞에 꼭 '아빠'를 덧붙여 썼다. 그밖에도 엄마가 산 것이 분명한 선물을 주면서 아빠가 주는 것이라고 하거나 일부러 그와 둘만 있는 자리를 만들어 날 떠밀었다. 물론 나는 강하게 거부했다.

한번은 내가 봄 소풍 비용을 달라고 할 것을 빤히 알면서 일부러 외가에 가버린 일도 있었다. 자신이 없으면 그에게 말을 하리라고 생각한 것이다. 하지만 나는 엄마의 바람과 달리 그에게는 일언반구도 꺼내지 않고, 대신 선생님께 전화를 걸어 봄

소풍을 못 가게 됐다고 말해 버렸다.

　그를 향한 나의 미움은 골이 깊었다. 그를 미워하고, 거리를 두고, 무시하는 것은 이미 내게 습관과 같았다.

　내가 본격적으로 반항하기 시작한 것은 중학교 2학년 때부터였다. 당시 나는 같은 반 남학생을 좋아했는데, 그 남자애에게 주기 위해 몇날 며칠 시집을 뒤져서 쓴 고백 편지를 그만 그 사람에게 들키고 만 것이다. 잔뜩 화가 난 그는 엄마에게 편지를 보여 줬고 엄마는 내게 매를 들었다. 하지만 나는 때린 엄마보다 고자질한 그가 훨씬 밉고 증오스러웠다. 그래서 엄마에게 그가 내 물건을 뒤질 권리가 어디 있냐며 바락바락 대들었다. 내가 못됐다면 그것은 모두 그에게서 유전된 탓이지만 최소한 나는 가족을 버리고 딴 사람과 도망가지는 않았다며 악을 썼다. 그때, 방에서 그 소리를 들은 그가 무섭게 뛰쳐 나오더니 금방이라도 나를 때릴 것처럼 주먹을 치켜들었다. 그러나 나는 조금도 물러서지 않고 그를 노려봤다. 그가 마침내 주먹을 풀고, 고개를 떨구고, 방으로 돌아갈 때까지 계속 노려봤다.

　엄마는 그래도 저 사람이 너의 아빠라며, 그를 원수 취급하고 아빠라 부르지도 않는 것은 네 잘못이라고 했다. 나는 아빠라는 단어를 배울 나이에 그 말을 할 사람이 없었으니, 이제 와서 내 탓을 해도 어쩔 수 없는 일이라고 대꾸했다. 그러자 엄마는 깊은 한숨을 쉬었다.

그날 이후, TV 드라마에서 아내와 자식을 버리고 도망가는 남자가 나오면 나는 일부러 큰 소리로 욕을 했다. 또 그런 남자를 용서하고 받아 주는 나약한 여자에게도 심한 말을 퍼부었다. 그때마다 그는 다 들어 놓고도 못 들은 척 신문만 봤다.

날이 갈수록 나는 그를 없는 사람 취급했지만 그는 오히려 내게서 더욱 시선을 떼지 않았다. 학교에서 야간 자율학습을 하고 나오면 교문 근처에는 늘 그의 자동차가 서 있었고, 어쩌다 남학생과 놀러가거나 영화를 본 날이면 어김없이 엄마의 추궁을 받았다. 종일 나의 행적을 뒤쫓은 그가 엄마에게 알렸기 때문이다.

시 중심지에 있는 고등학교에 진학한 후에야 나는 비로소 그의 감시에서 벗어날 수 있었다. 고등학교와 대학교를 졸업하고 도시에 일자리를 구한 뒤로는 집에 가는 일도 거의 없었다. 엄마나 조부모, 외조부모에게는 종종 전화를 걸어 안부를 물었지만 그에게는 단 한 번도 전화하지 않았다. 그런데 언젠가부터 엄마가 편지로 자신과 그 사이에 있었던 일을 적어 보내기 시작했다. 젊은 시절의 두 사람이 얼마나 철없고 이기적이었는지, 어떻게 서로의 마음을 다치게 하고 어떻게 대립했는지, 나중에는 또 어떻게 화해하고 이해하게 되었는지를 상세히 적었다. 또 샤오샤오멍과 그가 헤어진 진짜 이유는 샤오샤오멍이 변심해서가 아니라 그가 떠돌이 생활에 염증을 느꼈기 때문이라고 했다. 하지만 남들에게 자신이 후회하고 있다는 사실을 들키는 바에야 차라리 버림받고 더 이상 살 길이 막막해서 집으로 돌아온 패자로 보이는 편을 선택할 만큼 고집 센 모습이 너와 똑같다고, 엄마는 편지에 썼다.

4

스물여섯 살이 되던 해, 나는 결혼할 남자 친구와 함께 인사를 드리기 위해 고향집으로 갔다. 오랜만에 보는 그는 머리카락이 많이 세 있었다. 서로를 사랑스럽게 바라보는 우리를 보며 아마도 젊은 날 자신의 사랑을 떠올렸을지 모른다.

스물일곱, 결혼을 앞둔 나는 고민에 빠졌다. 그가 나의 손을 잡고 결혼식장에 들어가는 장면을 생각만 해도 치가 떨렸던 것이다. 결국 나는 남편과 상의해서 결혼식을 최대한 간소하게 치르기로 하고, 양가 부모님만을 모신 채 단출하게 식을 올렸다.

임신 5개월째에 접어들던 어느 날, 남편이 갑자기 1년 기한으로 독일에 파견 근무를 나가게 됐다. 나 혼자 아기를 낳을 것이 걱정된 남편은 회사의 제안을 거절할까 고민했지만 나는 엄마가 오시면 된다고 하며 그의 등을 떠밀었다. 우리 아기에게 더 나은 경제적 환경을 만들어 줄 수 있다면 1년 정도 헤어져 있는 것쯤은 충분히 감수할 수 있다고 생각했기 때문이다.

그런데 수속이 모두 끝날 무렵, 남편이 갑자기 생각을 바꿔 파견 기회를 다른 사람에게 넘겼다. 내가 화가 나서 이유를 캐

묻자 남편이 말했다.

"난 우리 아기가 이 세상에 태어났을 때, 첫 번째 이가 날 때, 처음으로 걸음마를 할 때, 첫 옹알이를 하고 '아빠'라고 말할 때 꼭 그 곁에 있고 싶어."

"왜 그래야 해? 나중에라도 시간은 많잖아."

"아니야. 나중은 늦어. 아이가 태어나고 첫 1년이 얼마나 중요한데!"

나는 남편을 뚫어져라 바라보며 물었다.

"……누가 그래?"

남편은 진지한 얼굴로 대답했다. "당신 아버님이. 저번에 술을 많이 드시고 울면서 전화하셨더라고. 자기는 그 1년을 잃어버리는 바람에 인생의 가장 큰 기쁨을 잃고 말았다면서……."

그 순간, 나도 모르게 눈물이 쏟아졌다. 동시에 예전에 그의 친구가 집에 놀러왔을 때, 두 사람이 술을 마시며 나누던 이야기를 엿들었던 것이 떠올랐다. 그때 그는 이렇게 말했다.

"딸이 태어났다는 소식을 들은 뒤부터는 온통 집에 돌아오고 싶다는 생각밖에 안 나더군. 한번은 어떤 사람이 어린 아기를 안고 어르면서 주변 사람들에게 자기 딸이 이렇게나 컸다고 자랑하는데 눈을 못 떼겠더라고. 또 한 번은 한 살 정도 된 아이가 인형을 안고 '아빠!'라며 칭얼대는데 그 모습이 또 어찌나 사랑스럽던지! 나도 모르게 인형가게에 가서 누르면 '아빠' 소리가 나는 인형을 사고 말았지 뭔가. 그걸 본 샤오샤오밍이 쓸데없는 데다 돈을 쓴다며 나와 한바탕 싸우고는 인형을 가위로 갈기갈기 찢어 버렸어. 나는 마음껏 찢으라고 했지. 당신이 아무리 찢고 난리를 쳐도 나는 꼭 그 인형을 다시 사서 우리 딸에게 줄 거라고 하면서 말이야……."

이미 열두 시가 가까운 늦은 시간이었지만 나는 아랑곳없이 집에 전화를 걸었다. 마침 그가 받았다, 갑작스런 전화에 놀란 그는 무슨 일이 생겼느냐며 다급하게 물었다. 나는 목멘 소리로 물었다.

"인형은요?"

"인형?"

그가 되물었다.

"그 인형 있잖아요, 누르면 '아빠'라고 하던."

"아아, 그거 말이냐. 내 장롱 안에 있을 게다. 그런데 이제는 건전지가 다 닳아서 눌러도 아무 소리가 안 나."

눈물이 주체할 수 없이 흘러내렸다.

"조만간 건전지 바꿔 끼워서, 네가 아기를 낳으면 그 애에게 선물하마."

그의 말에 나는 꺼억꺼억 울며 외쳤다.

"그건 나한테 준 거잖아요! 왜 또 애한테 줘요? 선물 하나로 생색을 몇 번이나 내려고 그러신데, 정말!"

아빠는 아무 말도 하지 않았다. 하지만 기나긴 전화선 너머로 그가 눈물 흘리는 소리가 들리는 것만 같았다.

그 소중한 1년을 되찾을 수만 있다면

그는 아마도 자신의 일생을 바치려 할 것이다.

'아버지의 사랑' 이라는 단어는 너무도 평범하지만

그 안에 담긴 사랑은 우리의 생각을 초월할 만큼

크고 위대하기 때문이다.

무무木木

네 분의 부모님

미리米立

　언젠가는 자식이 학교 앞에서 기다리는 부모를 보고도 반가
워하지 않고, 부모와 포옹하면서도 속으로는 얼른 그만 두고 싶
다고 생각하게 되는 날이 온다. 언젠가는 자식이 자유와 꿈을
앞세우며 부모는 자기 세대를 영원히 이해하지 못할 것이라 소
리치고, 부모의 고생을 무시하는 날이 온다. 이렇게 자식들은
부모가 만들어 준 피난처 안에서 젊음이 무슨 특권이라도 되는
양 부모의 간섭을 귀찮아 한다. 자신들이 부모의 희생을 대가로
자라나고 있다는 사실을 알지 못한 채…….

　하루는 친구와 카페에서 차를 마시던 중 창밖으로 아이들 몇
이 신나게 떠들며 지나가는 모습을 보고 나도 모르게 웃고 말았
다. 친구가 왜 그러느냐고 물었지만 별일 아니라며 얼버무렸
다. 사실은 그 아이들을 보고 어린 시절의 기억 한 조각이 떠올
라서 웃은 것인데, 그 기억을 어떻게 설명해야 할지 알 수 없었

다. 대신 나는 집으로 돌아와 컴퓨터를 켜고 나 자신에게 이야기하듯이 옛 기억을 써보기로 했다.

나는 넷째 딸이다. 위로 언니가 세 명 있는데, 바로 위의 언니가 나와 여섯 살 차이가 날만큼 터울이 졌다.

사실 어머니는 언니들을 낳은 뒤로 더 이상 아이를 가질 생각이 없었다고 한다. 셋만 해도 키우기가 벅차거니와 당시 나라에서 대대적으로 계획 출산을 장려했기 때문이다. 그래서 만약 또 아이를 낳으면 어머니와 아버지 모두 직장을 잃을 수도 있었다. 하지만 이런 사정을 알 리 없는 나는 꿋꿋이 이 세상에 왔고, 부모님의 걱정거리가 되었다.

부모님은 마음이 약한 분들이라 이미 뱃속에 들어선 나를 차마 어찌하지 못했다. 그렇다고 회사에 임신한 사실을 떳떳이 알릴 자신도 없었다. 결국 평생을 거짓 없이 살아왔던 부모님은 처음으로 엄청난 거짓말을 했다. 아버지가 아끼느라 뜯어 보지도 못한 귀한 차를 아는 사람에게 주고, 어머니의 건강에 심각한 문제가 있어서 인공 유산을 할 수 없다는 가짜 증명서를 만들어 온 것이다.

그 가짜 증명서 덕분에 나는 무사히 세상의 빛을 볼 수 있었지만 어머니가 실직할 위험까지 없어진 것은 아니었다. 그렇다고 가르쳐야 할 자식이 이미 셋이나 되는 상황에서 맞벌이를 포기할 수도 없었다. 고민하던 부모님은 상의 끝에 나를 교외에 사는 막내이모에게 보내기로 결정했다. 어머니보다 열 몇 살이나 어린 막내이모는 결혼한 지 3년이 넘도록 아직 아이가 없었다. 그래서 어떤 의미에서 보면 이 결정은 두 사람 모두에게 잘된 일이었다. 이모는 아이를 갖게 됐고, 어머니는 직장을 계속 다닐 수 있었으니 말이다.

하지만 기쁨은 오래 가지 못했다. 내가 6개월이 됐을 때 이모, 즉 양어머니가 남동생을 임신했기 때문이다. 게다가 양아버지는 타지에서 직장을 다니고 있어서 나를 돌봐줄 사람이 없었다. 어렵게 아이를 가진 몸으로 나를 돌볼 수 없었던 양어머니는 잠시만 맡아 달라며 나를 다시 어머니에게 보냈다. 하지만 맞벌이를 하면서 아직 어린 세 언니를 돌봐야 했던 부모님에게 나를 키울 여력이 있을 리 만무했다. 결국 나는 외할머니의 손에 맡겨졌다.

외할머니는 전형적인 시골 아낙으로 바지런한 살림꾼이자 밝고 쾌활한 성격의 소유자였다. 가장 중요한 점은 나를 끔찍이도 사랑했다는 것이다. 외할머니는 '자식은 모두 제 먹을 것을 가지고 태어난다'며, 일단 낳아 놓기만 하면 키우는 것은 걱정할 필요 없다는 말을 달고 살았다.

그 후로 나는 여섯 살이 될 때까지 어머니와 양어머니, 외할머니의 집을 번갈아 가며 자랐다. 물론 가장 많은 시간을 보낸 곳은 외할머니의 곁이었다.

여섯 살 이후부터는 양어머니 집에 살면서 학교를 다녔고, 방학은 어머니 집에서 보냈다. 외할머니는 시간이 날 때마다 나를 보러 오셨다. 양부모님이 바빠서 나를 돌볼 수가 없으면 친부모님 집 근처의 학교로 전학을 갔다. 그렇게 떠돌이처럼 옮겨 다니는 동안 내 마음의 유일한 안식처는 오로지 외할머니였다.

당시 나는 어렸기에 환경이 자주 바뀌는 것만으로도 매우 힘들었다. 게다가 부모님들이 나를 서로 떠넘긴다는 생각이 들어서 더욱 위축됐다. 때로 설움이 북받치면 빈 교실에 몰래 숨어서, 혹은 밤에 이불 속에서 한참을 울었다.

그 시절, 잦은 변화에 당혹스러웠던 것은 나만이 아니었다. 친부모 집의 세 언니도 불쑥 나타났다 또 사라지는 나를 낯설어했다. 당시 상황을 이해하기에는 셋 다 너무 어렸던 것이다. 그래서 내가 갑자기 오면 나에게 대놓고 적개심을 드러냈다. 한번은 셋째언니가 사탕을 가지고 나를 골린 적이 있었다. 내가 사탕을 빼앗으려 하자 언니는 손을 머리 위로 높게 치켜들며 놀리듯 말했다.

"뺏어 봐, 뺏어 봐! 원래대로라면 태어나지도 못했을 게 웬 욕심이 이렇게 많아?"

그 말을 듣는 순간 나는 사탕도, 언니와 다투는 것도 포기했다. 대신 문가에 놓인 작은 의자에 앉아 눈물을 뚝뚝 흘리며 골목 입구만 한없이 바라봤다. 마음속으로는 지금 당장이라도 외할머니가 나타나 나를 데려가 주기를 빌고 또 빌었다. 그만큼 언니의 말은 충격적이었다. 사실 셋째언니도 그 말이 무슨 뜻인지 알고 한 것은 아니었다. 다만 어머니가 나를 데리고 다닐 때 아는 사람을 만나면 우스갯소리로 '원래대로라면 태어나지 못했을 우리 넷째딸이에요' 라고 하던 것을 그대로 따라했을 뿐이다.

친구와 카페에 있을 때 떠올랐던 것이 바로 언니가 '넌 태어나지도 못했을 아이' 라며 나를 놀렸던 기억이었다. 지금은 그 기억이 아프게 다가오기보다는 오히려 웃음을 나게 한다. 그리고 보면 옛일이란 그 자체로 위로의 힘을 지니고 있는 듯하다.

물론 이제는 이해한다. 어린 시절, 나의 네 명의 부모님은 모두 바빴다. 나를 돌봐줄 시간도, 사랑해 줄 시간도 없을 만큼 바빴다. 이 이해 속에는 어떠한 원망도 슬픔도 없다. 나는 이미 성인이고, 강하고, 독립적이고, 무엇보다도 이해하는 법과 감사할 줄 아는 마음을 이미 배웠기 때문이다.

두 부모의 집을 돌아가며 사느라 나는 어린 시절 마땅히 받아야 할 귀여움도 받지 못했고 애착감도 얻지 못했다. 대신 일찌감치 스스로 서는 법을 배웠으며 자신의 일과 문제는 스스로 처리하는 독립심을 얻었다.

그 덕분일까? 나는 잦은 전학에도 불구하고 순조롭게 대학에 진학했으며 스스로 일도 찾았다. 실제로 어린 시절의 경험은 내게 어려움을 받아들이고 잘 처리하는 법을 가르쳐 줬다. 그래서

대학 시절에 집을 그리워하거나 혼자 빨래를 못해서 울어 본 적도, 일할 때 문제를 처리하지 못해서 용기와 신뢰를 잃은 적도 없었다.

대학교 3학년 때로 기억한다. 한 은사님과 대화를 나누다가 우연히 나의 어린 시절을 이야기했다. 그러자 선생님은 원망하지 말라고, 너에게 생명을 주고 길러 주셨다면 모두 하늘처럼 고마운 분들이니 그들이 혹시나 잘못을 했더라도 감사하는 마음을 잊지 말라고 충고해 주었다. 선생님의 말씀에 감명을 받은 나는 그날 이후부터 휴일이면 자진해서 집으로 돌아가 부모님을 만나기도 하고, 외할머니에게 안부 전화를 드리기도 했다. 오랫동안 마음 한 구석에 쌓여 있던 원망과 우울함도 조금씩 사라져 갔다.

2005년, 친어머니가 복부 낭종 때문에 수술을 받았다. 언니들은 모두 결혼해서 먼 타지로 나간 터라 가장 가까이에 살던 내가 병수발을 들었는데 수술하기 전까지 어머니는 기분이 계속 좋지 않았고 말수도 확연히 줄었다. 병마의 고통이 어머니를 나약한 노인으로 만들어 버린 것 같았다. 나는 일부러 요리를 배워서 끼니때마다 맛있는 음식을 해드리려고 노력했다. 어머니도 내 노력을 아셨는지 식욕이 없어도 억지로나마 드셨다. 그 모습을 보면 나 역시 기분이 나아졌다.

수술 당일, 수술 동의서의 보호자 서명란에 사인을 하고 있는

데 어머니가 물끄러미 나를 바라보다가 아무 말 없이 마른 손을 내밀어 내 머리를 쓰다듬으셨다. 스스로 강하다고 생각했던 나였지만 그 순간만큼은 주체할 수 없이 눈물이 흘렀다. 생과 사를 가르는 수술실의 문턱을 넘기 전, 어머니가 오히려 나를 위로한 것이다. 비록 아무 말도 하지 않았지만 나의 머리를 쓰다듬는 그 손길을 통해 어머니의 따스한 마음이 고스란히 전해졌다.

　다행히 수술은 순조롭게 잘 끝났다. 퇴원하는 날도 내가 모시러 갔는데 어머니가 나를 보더니 머리카락이 헝클어졌다며 침대에 앉아 보라고 했다. 그리고 작은 빗을 꺼내어 천천히 머리를 빗겨 주었다. 조용한 오후, 창문으로 맑은 햇살이 내리쬐는 가운데 어머니가 나의 머리카락을 빗겨 주던 그 순간은 내 인생에서 가장 행복한 한때이자 지금까지도 나의 마음을 따뜻하게 해주는 소중한 기억으로 남아 있다.

　삶은 가장 근본적인 방식으로 나에게 질문을 던졌고, 나는 내 인생에 더 늦기 전에 온 마음을 다해 소중히 대해야 할 것들이 있다는 결론을 내렸다. 이후 나는 회사에 사직서를 내고 친부모님의 집으로 돌아와 아직 거동이 불편한 어머니를 보살폈다. 물론 좋아하던 일을 그만둬야 했지만 후회는 없었다. 다행히 나중에는 인터넷을 통해 집에서도 할 수 있는 일을 찾아서 일도 계속할 수 있게 됐다. 건강을 완전히 회복한 뒤부터 어머니는 나를 집안 일에 손끝 하나 대지 못하게 했다. 그뿐만이 아니라 하나부터 열까지 전부 챙겨 주셨다. 스물여덟 살이나 먹은 나를 마치 옷도 입혀 주고 밥도 먹여 줘야 하는 어린아이처럼 돌봐 주신 것이다. 한번은 어머니가 너무 무리할까 걱정돼서 몰래 집 안 일을 했다가 하도 역정을 내시는 바람에 이후로는 무조건 어머니가 하라는 대로 따랐다.

물론 양부모님도 자주 찾아뵈었다. 내 마음속에서 네 분의 부모님은 모두가 똑같이 소중하다.

올 가을 생일날, 양부모님은 내게 작은 집을 선물해 주었다. 아마도 내게 보상하는 마음으로 오랫동안 저축을 해온 듯했다. 하지만 나는 양부모님이 줄곧 그런 생각을 하셨다는 것이 오히려 죄송했다. 철든 이후부터는 두 분이 바빠서 어린 시절의 나를 돌보지 못했다는 사실을 한 번도 원망한 적이 없었기 때문이다.

나는 일을 잠시 쉬면서 양부모님이 주신 집을 손보고 정리했다. 그리고 양부모님을 그곳으로 모셔 왔다. 이렇게 친부모님과 양부모님이 모두 근처에 살게 되면서 나는 어릴 때처럼 이쪽에서 며칠, 저쪽에서 며칠씩 번갈아 가며 지냈다. 이십여 년 만에 다시 시작된 떠돌이 생활이었지만 참 행복했다. 어느 곳에 머물던 똑같은 사랑을 받았고, 양쪽 부모님은 나를 모두 아이처럼 대해 주었기 때문이다. 나는 감사하면서도 한편으로는 부모님들에게 걱정을 끼치지 않기 위해 애썼다.

그러나 국경절 때 앓아눕는 바람에 부모님들을 근심에 빠뜨리고 말았다. 일벌레로 살면서 오랫동안 불규칙한 생활을 한 것이 화근이었다. 잠시 병원에 입원했다가 집에 돌아왔을 때, 두 어머니가 모두 나를 간호하겠다고 나섰다. 두 분은 매일 아침 정성스레 차린 아침식사와 따뜻하게 데운 약을 내 방까지 날라 주었고 내가 그것을 다 먹은 후에야 일하는 것을 허락했다. 몸이 좋지 않아서인지 입맛은 없었지만 어머니들이 곁에서 지켜보며 조금 더 먹으라고 하는 바람에 억지로 몇 숟갈씩 더 먹으면 어머니들은 환하게 미소를 지으며 기뻐했다.

어쩌면 내 글을 읽는 사람들은 이야기에 대단한 기승전결이 없어서 실망하는지 모른다. 솔직히 이 이야기에 담긴 것은 엄청난 드라마가 아니라 일상에서 발견할 수 있는 소소하고 작은 감동들이다. 그리고 그 감동들은 내게 최고의 보물이다.

지금은 나의 부모님들이 어린 시절에 많은 사랑을 주지 못했던 것이 오히려 감사하게 느껴진다. 덕분에 강인함과 자립심을 기를 수 있었고, 함께 하는 사람들을 소중히 여기는 법을 배웠으며, 부모님의 삶이 얼마나 힘들었는지를 이해할 수 있게 되었다. 그리고 이십여 년 만에 지극한 사랑을 아낌없이 받으면서 나는 부모님들을 더욱 더 사랑하게 되었다. 다른 사람의 눈에는 촌스럽고 수다스러운 노인들로 보일지 몰라도 그분들은 지금 내게 이 세상에 둘도 없는 가장 소중한 부모이자 가족이다.

아직도 이 세상에 살아 있는 이유는

신께서 주신 임무가 남아 있기 때문이라는 말이 있다.

달리 말하면 살아 있는 한, 그 누구도 쓸모없는 생명이 아니다.

누군가는 당신을 사랑하고 또 필요로 한다.

다만 당신이 그 사실을 깨닫지 못할 뿐이다.

마음을 조용히 가라앉히고 부모님의 입장이 되어

생각해 보면 부모님이 나보다 훨씬 오래 참고 더 많은 것을

희생했다는 사실을 깨닫게 된다.

게다가 부모님은 더 좋은 기회와 환경을 주지 못했다는

이유로 늘 우리에게 미안해하며 어떻게든 보상해 주고 싶어 한다.

그런 부모님에게 바로 지금 감사하다고 말해 보자.

나의 인생에서 가장 큰 선물은 부모님의 사랑이며

당신들이 있었기에 지금의 내가 있을 수 있었다고,

사랑한다고 고백하자. 머뭇거리는 동안

어쩌면 고백할 기회를 영영 놓쳐 버리게 될 수도 있다.

무무木木

2
이별도 떠남도 없이
슬픔도 기쁨도 없이

"

그대가 나를 보거나 보지 않거나,

나는 슬픔도 기쁨도 없이 이 자리에 있습니다.

그대가 나를 사랑하거나 사랑하지 않거나,

사랑은 조금도 늘거나 줄지 않고 이 자리에 있습니다.

그대가 이미 나를 버렸다 해도,

그대가 지금 다른 곳에 있다 해도,

나에게 이 추억만 남아 있다면,

그리고 그대가 나와 아름다운 순간을 함께했다는 것을

증명할 수 있다면,

나는 조금도 슬프지 않을 것입니다.

"

낙타가시풀

저우하이량周海亮

    드넓은 사막의 가장자리, 남자와 여자는 고생 끝에 그들의 흙집을 지어 올렸다. 뜨거운 태양 빛과 모래바람을 맞으며 쓰러질 듯 위태롭게 서 있는 작고 낡은 집은 마치 그 자리에 돋아난 낙타가시풀 같았다. 실제로 그들은 낙타가시풀을 길렀다. 남자가 사막 깊은 곳에서 캐어 와 못 쓰는 큰 항아리에 심은 것이었다. 남자는 여자에게 낙타가시풀은 기르기 쉬운 풀이라 한두 달에 한 번만 물을 줘도 초여름이 되면 연노랑 빛 꽃을 피울 것이라고 말했다. 그때쯤이면 우리의 집도 따뜻한 연노랑색으로 가득하리라는 말도 덧붙였다.

    사막에는 일 년 내내 강한 바람이 불었다. 아침에 일어나면 밤새 바람이 몰고 온 모래 때문에 문이 열리지 않는 날도 종종 있었다. 그때마다 남자는 창문을 통해 밖으로 나가 삽을 들고 그들을 파묻어 버릴 듯 높이 쌓인 모래를 말끔히 치웠다. 그동안 여자는 창가에 기대어 땀을 뻘뻘 흘리는 남자를 바라보았다. 때때로 눈을 들어 먼 곳에 드문드문 서 있는 버들잎사시나무와 관목을 응시하기도 했고, 창 앞에 놓인 낙타가시풀을 바라보기도 했다. 그러다 가끔 남자에게 물었다. 낙타가시풀이 꽃을 피울까? 언젠가 모래가 우리 집을 완전히 덮어 버리면 어쩌지? 남자는 삽을 멈추고 고개를 들었다. 꽃을 피울 거야. 모래에 파묻힐 일도 없어. 남자의 대답은 언제나 시원스럽고 간결했으며, 순수한 확신으로 가득 차 있었다.

남자는 사막에서 일했다. 그런 그의 곁에는 늘 여자가 있었고 집이 있었으며 그들의 사랑이 있었다. 남자가 집에 돌아오는 시간은 불규칙했지만, 여자는 항상 남자가 문을 열고 들어올 때에 맞춰서 따뜻한 식사를 차려 냈다. 사실 그들은 외톨이가 아니었다. 흙집에서 그리 멀지 않은 곳에 남자의 동료가 살고 있었기 때문이다. 그러나 여자는 언제나 온 천지간에 자신과 남자 둘만 있는 것 같다고 느꼈다. 두 사람과, 서로 굳게 의지하는 사랑만이 전부인 듯했다. 남자는 그들의 사랑이 낙타가시풀과 같다고 했다. 그래서 세심하게 돌보지 않아도, 심지어 반년 동안 물을 주지 않아도 마르지 않고 굳건히 자라날 것이라고 말했다.

낙타가시풀은 해마다 꽃을 피웠다. 그때마다 그들의 집은 남자의 말처럼 따뜻한 연노랑 빛으로 가득 찼다. 어느새 그들에게 낙타가시풀은 '사랑' 의 또 다른 이름이 되었다.

세월이 흘러 남자와 여자는 도시로 돌아갔다. 사막에 있던 다른 것은 모두 버렸지만, 낙타가시풀만은 챙겼다. 남자는 낙타가시풀을 베란다에 내놨다. 실내장식에 세심하게 신경을 쓴 넓고 환한 집안과 어울리지 않았기 때문이다. 여자가 차라리 그것을 내다 버리고 행운목을 기르자고 했지만 남자는 남겨 두자고 했다. 이 낙타가시풀은 우리가 가장 힘들었던 시절뿐만 아니라 우리의 진실한 사랑을 증명해 주는 증인이잖아. 남자가 말했다.

이제 더 이상 모래가 그들의 집을 덮치는 일은 없었다. 아침이면 남자는 침대에서 일어나 잠옷을 입은 채로 게으르게 신문을 넘겼다. 여자는 창가에 서서 바쁘게 지나가는 인파나 번화한 거리, 연푸른빛의 인공호수를 바라보았다. 하지만 그 너머 먼 곳에 사막과 모래바람이 있음을 여자는 알고 있었다. 드문드문 서 있는 버들잎사시나무와 관목, 명아주, 모래언덕에서 자라난 낙타가시풀도 눈에 선했다. 여자는 베란다에 놓인 낙타가시풀을 쳐다봤다. 연노랑색 꽃이 피어 있었지만 어쩐지 생기가 없어 보였다. 그 풀은 이미 오래전에 도시의 것이 되어 버린 것 같았다.

남자는 갈수록 바빠졌다. 예전처럼 문을 막아선 모래더미를 치울 필요는 없었지만 그때와 비교할 수 없을 만큼 바빴다. 얼마 후 여자도 일하기 시작했고, 마찬가지로 바빠지기 시작했다. 그들 사이에는 점차 대화가 사라졌다. 며칠 동안 겨우 몇 마디를 나누는 적도 있었다. 여자는 더는 남자의 귀가를 기다리지 않았고, 둘이 함께 먹는 저녁을 하루 중 가장 중요한 일과로 생각하지도 않았다. 그래서 대개는 남자가 돌아올 때까지 킥킥대며 TV를 봤다. 그래도 문제는 없었다. 도시에서는 전화 한 통이면 오분 만에 따뜻하고 맛있는 식사가 집 앞까지 배달됐기 때문이다. 도시는 사막과 달리 사람을 게으르고 무뎌지게 만들었다.

남자와 여자는 여전히 서로를 깊이 사랑했다. 하지만 그들 사이에 이제는 다정한 대화가 필요치 않아 보였다. 그들은 각자의 일에 최선을 다하고 인간관계에 정성을 쏟으며 도시의 모든 것에 세심하게 신경을 기울였지만, 정작 그들의 사랑은 돌보지 않았다. 도시에서는 서로만이 전부가 아니었고, 그들의 사랑도 유일한 것이 아니었다. 도시는 사막이 아니었기에 어느새 그들도, 그들의 사랑도 별것 아닌 것이 되어 버렸다.

낙타가시풀도 마찬가지였다. 생기 없는 연노랑색 꽃은 화려하고 세련된 실내장식에 아무런 아름다움도 더해 주지 못했다.

어느 날, 여자는 베란다에 나갔다가 낙타가시풀이 시들기 시작한 것을 발견했다. 마치 바짝 말린 표본처럼 잎이 모두 가느다란 가시로 변해 노랗게 말라붙고 있었다. 여자는 소스라치게 놀랐다. 문득, 자신들의 사랑이 떠올랐다. 여자는 주방으로 달려가 그릇 한가득 물을 담아와 한 방울도 남기지 않고 낙타가시풀에 부어 주었다.

그런 뒤 여자는 남자에게 전화를 걸었다. 이미 야심한 시간이었지만 남자는 접대 때문에 아직도 귀가하지 않은 상태였다. 남자가 무슨 일이냐고 물었고, 여자는 낙타가시풀이 말랐다고 말했다. 전화기 너머로 남자가 당황해하는 것이 느껴졌다. 어쩌면 남자 역시 가뭄에도 끄떡없는 낙타가시풀이 갑자기 말라 버렸다는 사실에 놀라고 있는지 몰랐다. 두 사람 모두 지난 서너 달 동안 낙타가시풀에 물 한 방울 주지 않았다는 말인가. 남자는 한참을 말없이 있다가 '알았다'고 대답한 뒤 전화를 끊었다.

남자는 모든 일을 제치고 한달음에 집으로 달려갔다.

집에 도착한 남자는 소파에 앉아 아무 말 없이 고개만 숙이고 있었다. 그런 그의 모습은 겁을 먹은 것 같기도, 상처를 받은 것 같기도 했다. 여자가 말했다.

"그동안 우리, 어떻게 이렇게까지 바쁠 수가 있었지?"

여자는 계속 말을 이었다.

"어떻게 낙타가시풀에 물을 줄 시간조차 없었느냐고."

"자기가 그랬잖아. 낙타가시풀은 우리의 사랑처럼 아주 강해서 세심하게 돌보지 않아도, 심지어 몇 달이나 물을 안 줘도 풍성하게 잘 자랄 거라고."

"만약 오늘 내가 우연히 발견하지 않았더라면 저 낙타가시풀은 정말 말라죽었을 거야."

"사랑도 물을 주지 않으면 결국 말라죽을 수밖에 없어."

여자의 눈에 눈물이 고이더니, 결국 주체할 수 없이 흘러넘치기 시작했다. 남자는 여자에게 입을 맞추며 다정하게 말했다.

"밥 먹자, 우리."

몇 달 만에 처음으로 두 사람은 집에서 밥을 해먹기로 했다. 하도 오랜만이라 싱크대며 가스레인지 위에 먼지가 뽀얗게 앉아 있었다. 자세히 보니 심지어 아주 작은 모래 알갱이까지 보였다. 도시에도 모래바람이 있었던 것이다.

여자는 가스레인지의 먼지를 손으로 쓸며 말했다.

"내년에 낙타가시풀이 꽃을 피울까?"

"언젠가, 이 모래가 우리 집을 덮어 버릴까?"

남자는 하던 일을 내려놓고 고개를 들었다.

"꽃을 피울 거야. 모래에 파묻힐 일도 없어."

남자의 대답은 그때처럼 시원스럽고 간결했으며, 순수한 확신으로 가득했다.

그날 저녁 여자는 줄곧 낙타가시풀을 바라봤다. 물을 듬뿍 마신 잎과 가지가 벌써 희미하게 푸른빛이 도는 것 같았다. 저도 모르게 입가에 미소가 떠올랐다.

그날 밤, 여자는 꿈에서 사막을 보았다. 온 하늘을 뒤덮은 노란 모래와 사막 한가운데 쓰러질 듯 위태롭게 서 있는 흙집도 보였다. 모래바람이 모든 것을 무너뜨릴 듯 거칠게 불고 있었지만, 그녀는 따뜻한 연노랑 빛으로 가득한 흙집에서 남자의 팔을 베개 삼아 평화롭고 행복한 잠에 빠져 있었다.

사랑이 얼마나 우리를 온전하게 만드는지를

삶의 순간순간 깨닫게 된다.

가느다란 거미줄처럼 요동치는 일상의 시간 속에

우리의 마음을 단단히 지탱해 주는 것은 바로 사랑이다.

무무木木

식사합시다

저우하이량周海亮

어느 주말, 남자는 세 사람을 식사에 초대했다. 둘은 직장 상사, 하나는 오랫동안 알고 지낸 친구였다. 점심때쯤 그는 약속을 확인하려고 전화를 걸었다. 모두 '문제없다'며 흔쾌히 대답했다. 남자는 고급 식당에 좋은 자리를 예약하고 약속 시각 30분 전에 먼저 식당에 도착했다.

종업원이 자리로 안내한 뒤, 남자에게 바로 음식을 준비하면 되겠느냐고 물었다. 남자가 그러라고 하자 또다시 물었다.

"기본 세트로 드릴까요?"

"아뇨, 680위안 세트로 주세요."

이 식당은 중국식 전골 요리인 후어궈(火鍋) 전문점으로 제공되는 양에 따라 180위안, 380위안, 680위안 세트로 나뉘었다. 남자는 남에게 한턱 낼 때 인색한 사람이 아니었기 때문에 가장 비싼 세트를 시켰다.

주문을 마치고 남자는 상사 한 명에게 전화를 걸어 어디쯤 왔느냐고 물었다. 그러자 상사가 곤란하다는 듯 말했다.

"이거 미안해서 어쩌지? 아주 중요한 고객이 하필 지금 만나자고 하네. 난 오늘 못 갈 것 같아."

"괜찮습니다. 급한 일 먼저 보셔야죠."

남자는 종업원을 불러 주문을 바꿨다.

"380위안 세트로 주세요. 한 사람이 못 오게 돼서, 680위안짜리는 양이 너무 많을 것 같네요."

사실 음식이 좀 남는 것은 상관없었다. 하지만 오늘 이 자리를 마련한 것은 바로 그 상사에게 어떤 일을 부탁하기 위해서였다. 그가 오지 못하게 됐으니 굳이 비싼 음식을 시킬 필요가 없어진 것이다. 게다가 380위안도 세 사람의 한 끼 식사에 쓰는 돈 치고는 결코 적은 돈이 아니었다.

그런데 잠시 후, 또 다른 상사에게 전화가 왔다.

"정말 미안하네. 집에 갑자기 일이 생겨서 도저히 나갈 수가 없네. 이렇게 하세, 내일이나 다음 주에 내가 한턱 쏘지."

전화를 끊은 후 남자는 다시 종업원을 불러 난처한 표정으로 말했다.

"지금 180위안 세트로 바꾸는 건 어렵겠지요?"

종업원은 잘 훈련된 영업용 미소를 지으며 말했다.

"아뇨, 가능합니다."

드디어 음식이 하나둘씩 상 위에 차려지기 시작했다. 바로 그때, 친구에게서 전화가 걸려 왔고 남자는 그만 낙담하고 말았다. 친구가 갑자기 몸이 안 좋아져서 지금 병원에 가 주사를 맞고 집에서 쉬어야겠다고 했기 때문이다.

친구까지 못 오게 됐지만 이제 와서 음식을 무를 수도 없었다. 그렇다고 혼자서 이 많은 음식을 다 먹을 수도 없는 노릇이었다. 포장해서 싸 가자니, 그가 혼자 사는 자취집에는 음식을 데워 먹을 냄비 하나 없었다. 한참을 고민하고 있는데 또다시 전화벨이 울렸다. 남자의 아버지였다.

"오늘은 집에 오느냐? 바쁘지 않다면 좀 오너라. 네가 집에 안 온 지도 벌써 한 달이 다 되어가는구나. 지금 어디냐?"

"식당이에요. 아버지랑 어머니는 식사하셨어요?"

"아직 안 먹었다."

"그럼 이리로 와서 저랑 식사하세요."

아버지는 한참 동안 말이 없었다. 그러더니 까슬까슬한 목소리로 남자에게 물었다.

"지금 같이 밥을 먹자고 한 게냐?"

"네. 같이 밥 먹어요, 아버지. 제가 사 드릴게요. 어머니 모시고 얼른 나오세요."

통화를 마친 후 남자는 그동안 애써 외면해 왔던 사실 한 가지를 떠올렸다. 그것은 바로 여태껏 수많은 사람에게 식사를 대접했으면서 유독 부모님에게는 단 한 번도 밥을 사 드린 적이 없다는 사실이었다. 직장이 먼 탓에 그는 일을 하면서부터 집에서 나와 살았다. 평일에야 못 가는 것이 당연하다지만 주말에도 집에 가는 적은 드물었다. 매주 주말이면 아버지가 전화를 하셨지만 그때마다 그는 바쁘다고 대답했다.

실제로 그에게 주말은 한국어나 기업 관리, 국제 무역, 컴퓨터처럼 업무에 필요한 공부를 하거나 사람들을 만나 식사를 하며 친교를 쌓는 시간이었기 때문에 집에 갈 짬이 나지 않았다. 아니, 그렇다고 생각했다.

부모님은 금방 식당에 도착했다. 시간을 보아 하니 택시를 타고 오신 것이 분명했다. 부모님의 얼굴에는 아들이 갑자기 식사를 청한 것에 대한 의아함 대신 아이 같은 천진한 기쁨만이 가득했다. 그리고 줄곧 식당이 고급스럽고 음식이 맛있다는 말씀만 하셨다. 세 식구가 처음으로 함께 하는 외식이었다. 하지만 그들이 먹는 것은 그 식당에서 가장 싼 메뉴였다. 남자는 술 한 병을 시켜서 아버지와 어머니에게 따라 드리고 자신도 한 잔 따랐다. 술을 넘기는 순간, 갑자기 울고 싶어졌다. 그날 남자는 부모님과 함께 집으로 돌아가 하룻밤을 묵었다.

월요일 아침에 출근을 하니 부모님과 같은 동네에 사는 동료가 그에게 말했다.

"어제 자네 부모님이 온 동네를 다니시며 아들이 고급 식당에서 비싼 요리를 사 주고 술도 따라 줬다고 엄청 자랑을 하시더라. 자네, 이제 보니 정말 효자야."

남자는 웃으며 얘기를 듣다가 볼일이 급한 척 얼른 화장실로 향했다. 그의 눈에서 주체할 수 없는 눈물이 흘러내렸다.

'나무는 고요히 있고자 하나 바람이 멈추지 않고,

자식은 봉양하고자 하나 부모는 기다려 주지 않는다' 는 말이

있다. 인생에는 때를 놓치면 영영 돌이킬 수 없는 것들이 있고,

사람은 한 번 가면 다시는 돌아오지 않는다.

늦은 뒤에는 아무리 후회해 봤자 아무런 소용이 없다.

바로 지금, 자신의 곁에 있는 부모님과 형제자매를

소중히 대하고 현재의 기회를 놓치지 않는 것이야말로

인생을 후회 없이 살 수 있는 비결이다.

무무木木

아버지의 새

양쿤옌楊昆燕

　　타지에서 대학을 다니다 겨울방학을 맞아 오랜만에 고향에 돌아온 화즈는 아버지가 기르시는 애완용 새를 보고 깜짝 놀랐다. 온몸이 시커먼 데다가 지극히 평범한, 심지어 못생겼다는 말이 더 어울리는 새였기 때문이다. 새는 대나무 새장 속에서 종일 시끄럽게 울어 댔다. 화즈는 아버지에게 이런 새는 키워 봤자 아무 소용이 없으니 놓아 주자고 말했다. 그러나 아버지는 밭에서 일하다가 힘들게 잡았다며 고개를 저었다. 게다가 앵무새라 말도 할 줄 아는데 왜 소용이 없겠냐고 역정을 냈다. 화즈는 어이가 없었다. 새에 대해서 잘 모르는 자신이 봐도 그 새는 절대 앵무새가 아니었기 때문이다. 아버지의 어리석음에 화즈는 저도 모르게 실소했다.

　　아버지는 새에게 온갖 정성을 쏟았다. 소위 그 '앵무새'를 위해 심지어 커다랗고 화려한 새장까지 사 왔다. 평생 근검절약이

몸에 밴 아버지가 못생긴 새 한 마리에게 이렇게 공을 들이다니! 화즈는 어이가 없었다. 하지만 아버지는 아랑곳없이 새를 새로운 새장에 옮겨 넣고는 만족스러운 표정으로 말까지 걸었다.

"이 녀석아, 새 집이 어떠냐? 마음에 들지?"

이후로 아버지는 말을 가르친다는 명목으로 시간이 날 때마다 새와 '이야기'를 나누었다. 그래야 하루라도 빨리 말을 배운다는 것이다. 심지어 화즈에게도 거들라고 성화였다. 그러나 화즈는 그 시커먼 새가 말을 할 것이라는 아버지의 믿음에 도무지 동조할 수가 없었다. 비록 새가 쉴 새 없이 지저귀기는 했지만 단 한 번도 '말' 비슷한 소리를 낸 적은 없었기 때문이다.

하지만 아버지는 지칠 줄도 모르고 계속 새에게 말을 가르쳤다. 이런 식으로 한참이 지나자 나중에는 화즈마저 착각이 들기 시작했다. 어쩌면 저 새는 정말로 말을 할 수 있을지도 몰라! 그러나 착각은 착각일 뿐, 새는 여전히 '꿀 먹은 벙어리'였다.

대체 아버지는 왜 말 한 마디 하지 못하는 새에게 이토록 큰 정성을 쏟는 것일까? 화즈는 도무지 이해할 수가 없었다.

그러던 어느 날, 술에 잔뜩 취해서 돌아온 아버지가 평소처럼 새장 앞으로 가서 새에게 말을 걸기 시작했다. 그때 새가 갑자기 평소와 다른 소리로 지저귀었다. 신기하게 화즈가 들어도 꼭 사람의 말소리 같았다. 그러자 흥분한 아버지는 아이처럼 기뻐하더니 덩실거리며 노래하듯 말했다.

"옳다구나, 새야! 얼른 말하렴. 그래야 나중에 내가 늙고 곁에
아무도 없을 때도 내 옆에서 말 상대가 되어 줄 수 있잖니……."

어쩌면 술김에 별 뜻 없이 한 말일 수도 있다. 그러나 화즈는
아버지의 속내를 엿본 듯한 기분이 들어 깜짝 놀랐다.

어머니는 일찍이 세상을 떴고, 누나 역시 이른 나이에 시집을
갔다. 그래서 최근 몇 년 동안 아버지는 혼자 고향집에서 생활
하며 화즈의 비싼 학비를 책임지고 있었다. 어려서부터 똑똑하
고 야무졌던 화즈는 마을의 유일한 대학생이었다. 대학 합격 통
지서가 날아온 날, 아버지가 뛸 듯이 기뻐하시던 모습을 화즈는
아직도 기억했다. 하지만 그날 이후 아버지의 어깨에 놓인 짐은
더욱 무거워졌다. 게다가 아버지는 언제나 혼자였다. 어쩌다
가끔 한 동네에서 자란 죽마고우들과 술 한 잔 할 때를 제외하
고는 이 집에 늘 혼자 계셨다. 아버지의 생활은 거실 한쪽에 덩
그러니 놓여 있는 아주 오래된 흑백 TV처럼 단조롭고 지루하리
라. 몇 년 전부터 벽에 걸려 있던 관음보살 그림이 해가 갈수록
빛이 바래는 것처럼 아버지의 얼굴도 빛을 잃어가고 있었다. 잘
나오지도 않는 흑백 TV의 화면을 혼자서 바라보다가 그마저도
꺼 버리고 나면, 낡은 괘종시계가 똑딱이는 소리만이 가득한 이
고요한 집에서 아버지는 얼마나 외로우셨을까?

어쩌면 아버지는 대화할 상대를 목마르게 바랐을 것이다. 설
사 그것이 못생긴 새라고 해도 말이다. 화즈는 졸업하고 나면

반드시 집에 돌아오리라고 결심했다.

개강을 앞두고 화즈는 차마 떨어지지 않는 발걸음을 억지로 옮겨 집을 떠나 학교로 돌아왔다. 그가 떠나는 날까지도 새는 여전히 지저귈 뿐, 말은 한 마디도 하지 않았다.

화즈는 열심히 공부하면서 틈틈이 아르바이트도 했다. 아버지의 짐을 조금이나마 덜어 드리고 싶었기 때문이다. 비싼 장거리 전화비용이 부담될까 봐 집에 전화도 자주 하지 않았다. 그래도 늘 궁금했다. 새는 과연 말을 배웠을까? 혹시 기적적으로 아버지의 말 상대가 되어 주고 있지는 않으려나?

어느 날, 아버지가 화즈의 기숙사로 전화를 걸어 왔다. 아버지도 전화를 자주 하는 편이 아니라 어쩐 일인가 했는데 전화기 너머로 들려오는 목소리가 심상치 않았다.

"새장 문을 잘 안 닫아 뒀더니 새가 날아가 버렸어. 아직 말 한 마디 못 들어봤는데, 가 버리더구나. 날 수 있는 것은 끝까지 가둬 둘 수 없는 법이거늘……. 바보같이 잊고 살았어."

아버지는 평소보다 말을 많이 했고, 그 어느 때보다 기운이 없었으며, 수시로 마른기침을 내뱉었다. 화즈는 눈물을 흘렸다. 할 수만 있다면 아버지에게 이렇게 말하고 싶었다.

"아버지, 제가 아버지의 새에요. 말도 할 줄 아는 새요. 언젠가 반드시 둥지로 돌아가서 이야기 상대가 되어 드릴게요."

그러나 수화기를 내려놓을 때까지 그는 아무 말도 하지 못했다.

화즈는 전보다 더욱 열심히 살았다. 우수한 성적으로 장학금도 타고 예쁜 여자 친구도 생겼다. 생활은 갈수록 바쁘고 즐거워졌다. 얼마 후 방학을 했지만 화즈는 집으로 돌아가지 못했다. 번화한 대도시에서의 삶이 마치 꼭 맞는 맞춤옷처럼 그의 몸을 휘감았다.

어느덧 시간은 흘러 졸업이 코앞으로 다가왔다. 화즈는 고민에 빠졌다. 원래의 결심대로라면 졸업하자마자 고향으로 돌아가야 했지만, 도시의 좋은 환경을 포기하기가 아까웠던 것이다. 게다가 여자 친구의 만류도 만만치 않았다.

졸업을 한 뒤, 화즈는 여자 친구를 데리고 고향으로 내려갔다. 마중 나온 아버지를 보는 순간 그는 저도 모르게 눈시울이 붉어졌다. 오랜만에 만난 아버지는 백발이 성성했고 초췌할 정도로 마른 데다 등까지 굽어 있었다. 화즈의 마음을 아는지 모르는지, 아버지는 아들이 돌아왔다는 사실에 아이처럼 즐거워하기만 했다. 그리고 저녁에는 오랜 친구들을 불러 음식과 술을 대접하며 화즈와 예비 며느리의 혼사를 계획했다. 화즈는 아버지가 그토록 행복해하시는 모습을 본 적이 없었다.

하지만 화즈는 고향을 떠나야만 했다. 목에 칼이 들어와도 이런 외진 시골에서는 살 수 없다고, 여자 친구가 길길이 뛰었기 때문이다. 도시에 있어야 더 좋은 직장을 구할 수 있다는 점도 무시할 수 없었다.

집을 떠나는 날, 화즈는 아버지에게 진짜 앵무새를 사 드렸다. 훈련이 잘된, 화려하고 예쁜 앵무새였다. 이미 할 줄 아는 말도 많았고 앞으로 더 많은 말을 배울 수도 있었다. 아버지에게 새를 건네며 화즈가 말했다.

"아버지, 자리 잡히면 바로 모시러 올게요. 조금만 기다리세요."

화즈는 번화한 도시로 돌아왔고 곧 정신없는 나날이 시작됐다. 처음 2년은 고생만 했다. 여자 친구와도 헤어졌다. 아니, 여자 친구가 기다리지 못하고 떠나 버렸다. 화즈는 마음을 더욱 독하게 먹고 열심히 일했다. 다행히 상황이 조금씩 나아졌다. 바쁜 와중에도 종종 아버지가 떠올랐지만 그때마다 '말하는 새를 구해 드렸으니 아마 외롭지 않으실 것'이라고 스스로 다독였다.

추석을 앞둔 어느 날, 고향에서 전화가 걸려 왔다. 이웃집 장씨 아저씨였다.

"화즈야, 빨리 와야겠다. 너의 아버지가 갑자기 쓰러지셨는데 얼마 못 버티실 거 같아."

갑작스런 비보에 화즈는 부랴부랴 당일 비행기 표를 끊어서 집으로 달려갔다. 그러나 그가 집에 들어섰을 때 아버지는 이미 돌아가신 뒤였다.

망연자실한 그의 뒤에서 새장 속의 앵무새가 똑같은 말을 끊임없이 중얼거렸다.

"화즈야, 돌아오너라. 화즈야, 돌아오너라……."

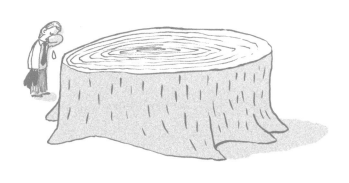

부모님은 언제나 우리의 마음속 그 자리에 계시기에

오히려 눈에 잘 보이지 않는다.

돌이킬 수 없는 때가 오기 전에,

가슴에 어찌할 수 없는 후회와 쓸쓸함이 남기 전에

함께하는 지금을 소중히 여기자.

무무木木

행복 베이커리

팡무위方木魚

행복 거리는 이 작은 도시의 남쪽 끝과 북쪽 끝을 길게 잇는 오래된 거리로, 길 양쪽에 죽 늘어선 나이 많은 반얀나무들로 유명하다. 그 풍성한 나뭇잎과 가지에 가려 '행복 베이커리'의 간판은 숨바꼭질을 하듯 늘 보일락 말락 했다. 그래서 거리의 한가운데서 문을 연 지도 벌써 3년째였지만 아는 사람이 아니면 그곳에 빵집이 있다는 것도 모르고 지나치기 일쑤였다.

'행복 베이커리'의 주인은 올해 스물일곱 살의 청년이다. 대학을 졸업한 뒤 이 도시로 온 그는 매일 아침 산악자전거를 타고 자신의 가게로 향했다. 남쪽에 있는 집에서 출발해서 철물점과 휴대전화 대리점, 운동기구 판매점, 시립중학교를 지나 곧게 죽 뻗은 골목길을 통과하는 것이 그의 평소 출근길이었다.

그녀는 올해 스물다섯 살이며, 이 도시에서 나고 자랐다. 북쪽에 사는 그녀는 매일 아침 일곱 시 정각에 종종걸음으로 집을 나서서 옷가게, 찻집, 인테리어 가게를 거쳐 구름다리를 지나 도시 남쪽 끝에 있는 한 소프트웨어 회사로 향했다.

비록 눈에 잘 띄지 않는 빵집이었지만 단골손님은 꽤 있는지라 그의 가게는 하루 종일 빵이며 과자, 우유 및 커피를 사려는 사람들로 붐볐다. 그녀도 단골이었다. 매일 아침 그녀는 똑같은 종류의 단 과자와 달콤한 푸딩, 살구빵 두 조각, 우유 한 잔을 사갔다. 때로는 퇴근길에도 들러서 빵이니 쿠키를 사서 커다란 가죽 가방 안에 넣고 담백한 빵맛과 신선한 크림, 달달한 과일 시럽을 음미하며 집으로 천천히 걸어갔다.

하루를 통틀어 그에게 가장 즐거운 시간은 멀리서 다가오는 그녀의 모습을 발견할 때였다. 비록 정신없이 바쁜 척했지만 그녀가 가게에 들어서는 순간부터 그의 온 신경은 그녀에게 집중됐다. 그렇게 그녀를 지켜보면서 그는 어느새 그녀에 대해 많은 것을 추측하고, 또 알게 되었다. 예를 들어 그녀가 자주 코를 막거나 어깨를 터는 모습을 보고 꽤나 깔끔한 성격일 것이라고 짐작하는 식이었다. 하지만 그 모습조차도 그의 눈에는 한없이 우아하고 예뻐 보였다.

3년 전, '행복 베이커리'가 처음 문을 열었을 때 그녀는 매일같이 새로운 빵을 맛볼 기대에 부풀어 이곳을 찾았다. 당시 그녀의 생활 신조는 '인생은 짧고 맛볼 단 음식은 많다'였는데 이 빵집만큼 그 생활 신조를 만족시켜 주는 곳도 없었기 때문이다.

그리고 그녀가 매일 출근 도장을 찍다시피 빵집에 드나드는 동안, 그는 그녀의 남자 친구가 자신이 매번 새로 내놓는 빵처럼 계속 바뀐다는 사실을 알았다. 그들은 하나같이 화려한 문신에 형형색색으로 머리칼을 물들인 차림으로 나타나 그녀의 손을 꼭 잡은 채 턱으로 이것저것 가리키며 말했다. 요거랑 저거, 그리고 이거 싸 줘요. 그때마다 그는 묵묵히 빵을 포장해서 내밀었다.

2년 전, 그는 그녀가 한결 신중하고 어른스러워졌다고 느꼈다. 예전처럼 내키는 대로 마구 골라 담는 대신 고급스런 쿠키나 처음 보는 빵만 조금씩 샀기 때문이다. 하지만 그녀가 걷기보다는 택시를 타고, 소위 '어른의 세계'에 익숙해지기 시작하면서 그의 가게에 나타나는 횟수도 점차 줄어들었다. 그는 빵집 맞은편 호텔이나 화려한 무도회장의 입구에서 때로는 은행원, 때로는 외과의사, 때로는 대기업 사원의 팔짱을 끼고 술에 취한 듯 발그레한 얼굴로 비틀거리는 그녀의 모습을 훨씬 자주 보았다. 이 시기에 그는 종종 하지 않던 실수를 했다. 그래서 빵이 지나치게 달거나 커피가 지나치게 썼다. 오랜 단골손님이 선의로 그 점을 넌지시 지적하면 그는 난처한 표정으로 웃으며 말했다. 죄송합니다, 다음부터는 주의하겠습니다, 죄송합니다.

1년 전, 정확히 12개월하고도 8일 전 저녁이었다. 그녀가 오랜만에 그의 가게에 들어섰다. 늦은 시간이었지만 '행복 베이

커리' 안은 여전히 달콤한 빵 냄새와 부드러운 음악, 밝고 따뜻한 빛으로 가득했다. 그는 그녀에게 지나가듯 가볍게 말했다.

"오랜만에 오셨네요."

그녀의 얼굴은 어딘지 모르게 초췌했고 눈가도 약간 부어 있었다. 부스스한 머리카락을 쓸어 넘기며 그녀가 대답했다.

"네, 안녕하셨어요."

짧은 인사가 그의 귀에 기분 좋은 울림을 남기고 사라졌다.

그녀는 빵을 주문하고 자리에 앉았다. 잠시 후, 그가 가져다 준 쟁반 위에는 그녀가 고른 것 말고도 처음 보는 빵과 설명서가 놓여 있었다. 의아해진 그녀가 그를 올려다보자 그는 재빨리 말했다.

"새로운 빵이 나와서 시식용으로 드리는 겁니다. 제가 연구해서 특별히 만든 빵인데, 놀랍게도 상처를 치유해 주는 효능이 있답니다."

그녀는 힘없이 웃어 보이고는 '행복한 맛의 빵을 먹는 법'이라는 설명서로 눈길을 돌렸다.

젊은 시절에는 자극적이고 강렬한 맛에 사로잡히기 쉽습니다. 그래서 아주 달거나 짠 음식을 좋아하게 되지요. 하지만 맛이 강하다 보니 얼마 안 가 금방 질리고, 새로운 맛을 찾게 됩니다. 문제는 이렇게 강한 맛에 길들여지면 미각이 둔해져서 나중에는 무엇을 먹어도 맛을 느끼지 못하는 때가 온다는 점입니다. 혹시 지금, 무엇을 먹어도 맛이 없게 느껴지십니까? 그렇다면 밀가루와 물만 가지고 단순하게 만든 '행복한 맛'의 빵을 드셔 보세요.

사랑도 처음에는 눈을 어지럽게 할 만큼 화려하고 자극적인 것이 가슴을 뛰게 합니다. 정원 가득 피어난 형형색색의 꽃이 아름답게 보이는 것처럼 말이죠. 하지만 빛의 모든 색을 하나로 합치면 결국 흰색이 된답니다. 비록 처음의 강렬함은 사라지지만 더욱 충만한 빛으로, 단순하지만 풍성하게 변하는 것이지요.

처음 만나고 헤어지기까지는 겨우 3분이었습니다. 마음을 머리가 알아차리는 데 꼭 3일이 걸렸지요. 몰래 사모하기만 하다가 이렇게 고백하기까지 3년이 걸렸습니다. 처음에는 당신을 알고 싶었지만 지금은 지켜 드리고 싶습니다. 세 번을 다시 태어나고 세 번을 다시 죽는다 해도 당신 곁에 있고 싶습니다. 저와 함께 해주시겠습니까?

그녀의 긴 속눈썹에 눈물방울이 맺혔다. 그녀는 그가 직접 만든 빵을 가만히 한 입 물었다. 따뜻하고 풍성한 맛이 입 안을 가득 채웠다.

청춘 시절에는 화려하고 달콤한 것에

눈이 가고 또 빠지기 쉽다. 그러나 세월이 흐르고 많은 것을

경험하고 나면, 그제야 다시 처음으로 돌아가

가장 단순하고 소박한 것의 참 매력을 알게 된다.

그래서 인생의 참된 인연을 때로는

멀리 돌고 돌아서 만나게 되는 것이다.

무무木木

여름은 지나가고

팡무위 方木魚

벌써 유월이었다. 천천히 자라는 나무처럼 꾸준히 사랑을 키워온 그와 그녀에게도 이별이 가까워 오고 있었다.

남녀 간의 사랑은 차가운 냉기를 피워 올리는 아이스크림 케이크처럼 아무리 단단해 보여도 순식간에 녹아 버린다고들 하지만, 그들은 여전히 서로를 사랑했다. 만남과 이별을 반복하는 연애도 그들과는 거리가 멀었다. 처음부터 그와 그녀는 어린 나이에도 불구하고 성숙한 사랑을 할 줄 알았다.

그러나 불가항력적인 헤어짐이 다가오자 두 사람 모두 어쩔 수 없이 불안감에 사로잡혔다.

4년 전, 그는 꼬박 하룻밤을 기차를 타고 온통 산으로 둘러싸인 마을에서 이 도시로 왔다. 그리고 그녀는 귀를 기울이면 파도 소리가 들릴 만큼 바다와 가까운 해변 마을에서 이곳으로 왔다. 둘 다 낯선 곳에서 학교를 다니며 이제 막 낯선 생활을 시작했기 때문에 더욱 서로를 의지하고 아꼈다. 그리고 지금, 그들은 학업을 마치고 각자 고향으로 돌아갈 날을 목전에 두고 있었다.

학교를 떠나기 전날 밤, 두 연인은 도서관 뒤편의 작은 호숫가에서 만나기로 약속했다.

그날 그녀는 평소와 달리 굽실굽실하게 머리를 말고 보헤미안 풍의 긴 치마를 입었다. 치마와 어울리도록 맨발에 얇은 끈 샌들도 신었다. 이렇게 공들여 꾸미는 이유는 하나뿐이었다. 마지막 순간에 그에게 예쁜 모습으로 남아 아름다운 추억을 남기고 싶었던 것이다.

그는 그녀를 보자마자 기차표부터 내밀었다. 520번이라는 좌석번호가 선명했다.

"고마워."

그녀는 표를 받아들며 가슴 한구석이 아릿해졌다. 그가 그 표를 사기 위해 땡볕 아래 여덟 시간이나 줄을 섰다는 사실을, 그녀는 알지 못했다. 다만 이렇게 헤어질 수밖에 없는 잔인한 운명을 원망할 뿐이었다.

두 사람은 아무 말 없이 걸었다. 한 걸음 한 걸음, 그는 그녀의 섬세한 발걸음을 따라 걸었다. 평소의 신중하고 내성적인 성격 그대로였다. 걷다 보니 어느새 두 연인은 담쟁이넝쿨로 뒤덮인 돌담 근처에 이르렀다. 얼마나 많은 밤 이곳에서 함께 기울고 차는 달의 모습을 보며 지새웠던가. 가을을 부르는 풀벌레의 울음소리가 애잔하기만 했다.

오랫동안 걸어서 지친 그녀를 그는 호숫가의 널찍한 바위 위로 인도했다. 두 사람은 나란히 앉아 시원한 물에 발을 담갔다. 은은한 달빛 아래 물에 잠긴 그녀의 발가락이 예쁘게 빛났다.

그는 그녀와의 마지막 밤을 아름답게 보내고 싶었지만 불확실한 미래에 대한 두려움과 부정적인 생각에 사로잡힌 그의 마음은 불안하게 요동쳤다. 그러나 그는 입술을 깨물 뿐, 그녀에게 자신의 감정을 솔직하게 털어놓지는 않았다. 먼저 떠나는 그녀에게 슬픈 모습을 보이고 싶지 않았기 때문이다.

평소 술을 마시지 않는 그였지만 오늘밤만은 특별하게 술 한 병을 챙겨 와서 혼자 따라 마셨다. 그녀는 곁에서 그런 그를 물

끄러미 바라보다가 가방에서 고운 편지지 한 뭉치를 꺼냈다. 그리고 편지지로 작은 종이배를 접어 그 위에 작은 양초를 얹었다. 물에 띄우는 등롱을 만든 것이다. 그녀는 양초에 불을 붙여서 종이배를 하나씩 호수에 띄웠다.

그런데 그때, 그가 갑자기 벌떡 일어나 호수로 뛰어 들어가더니 반짝이는 불빛들을 거칠게 낚아챘다.

"아니……."

그의 갑작스런 행동에 놀라 그녀의 얼굴이 빨개졌다. 그는 반쯤 젖은 종이배를 손에 꼭 쥐고 입술을 비틀며 웃었다.

"어떤 남자가 준 연애편지인지 궁금해서 말이야."

잠시 후, 이번에는 그의 얼굴이 붉게 물들었다. 비록 젖어서

글씨 대부분이 번지기는 했지만, 뱃머리에 또렷하게 그의 이름이 적혀있었던 것이다.

호수 위로 부는 부드러운 바람이 두 사람 사이의 무거운 침묵을 휘감고 지나갔다. 그녀는 그가 따뜻한 손을 뻗어 그녀의 눈물을 닦아 주고 그녀를 꼭 안으며 귓가에 달콤한 말을 속삭여 주기를 바랐다. 그러나 그는 그녀를 안아 주는 대신 술기운을 이기지 못해 비틀거리는 몸으로 달려가 버렸다.

"나, 내일 아침 열시 기차야!"

그녀는 멀어지는 그의 뒷모습을 향해 힘껏 외쳤다. 물론 표를 사 온 그가 열차 시간을 모를 리 없다는 것을, 그녀도 잘 알고 있었다.

다음 날 아침 열시가 가까운 시각, 그녀는 기차 앞에 서서 안타깝게 고개를 두리번거렸다. 플랫폼은 배웅 나온 사람들로 붐볐지만 어디에도 그의 모습은 보이지 않았다. 결국 그녀는 실망한 표정으로 기차에 올랐다.

창가 쪽 자리에 앉은 그녀는 멍하니 생각에 잠겼다. 기차는 놓치면 다음 번 기차를 타면 된다. 하지만 사랑을 놓치면 어찌해야 하는 것일까? 그 순간, 정신이 아득해지는 기분이 들었다. 지금의 이별과 상관없이 가슴이 무너져 내렸다.

그때, 역무원의 목소리가 방송을 타고 플랫폼에 울려 퍼졌다.

"좌석번호 520번 승객님, 좌석번호 520번 승객님, 지금 바로 역무원실로 와서 잃어버리신 소중한 짐을 찾아가시기 바랍니다.”

그녀는 자신의 표를 확인했다. 520번이었다. 가슴이 쿵쾅거렸다. 산산이 찢긴 마음 외에 또 무엇을 이 도시에 남겨 두고 왔다는 말인가? 그녀는 황급히 기차에서 내려 역무원실로 향했다.

놀랍게도 그곳에서 그녀를 맞이한 것은 커다란 장미꽃 다발을 들고 멋쩍게 웃고 있는 그였다.

“제 짐은요?”

순간 울컥한 그녀는 일부러 그를 못 본 체하고 역무원에게 퉁명스레 물었다. 그러자 그가 냉큼 끼어들며 대답했다.

“나야, 내가 바로 당신이 잃어버린 소중한 짐이야. 안 그래?”

그는 그녀에게 불쑥 손을 내밀었다. 손에는 1314번이라는 숫자가 선명한 기차표가 들려 있었다.

“당신……”

그녀는 벅찬 기쁨에 저도 모르게 목이 메었다. 그 역시 눈시울이 붉어졌다.

그런 두 연인을 바라보며 역무원이 웃음기 어린 목소리로 재촉했다.

“자, 어서들 기차에 오르세요! 곧 떠납니다!”

사랑을 찾는 과정은 낯선 곳으로 향하는 기차 여행과 같다.

이 과정에서 가장 중요한 것은 차표,

즉 마음을 잃어버리지 않고 끝까지 지키는 것이다.

한순간의 의심과 불안함에 휩쓸리지 않고

서로를 향한 마음을 굳게 지킬 때 우리는 비로소

진정한 사랑을 소유하게 된다.

무무木木

슬픈 인어공주 이야기

펑반뤄 馮般若

소녀가 아닌 소녀

스물네 살의 추웨이는 덜 익은 풋사과 같은 싱그러움을 간직하고 있었다. 나이로 보면 더 이상 소녀라고 할 수 없었지만 생각이나 마음 씀씀이는 아직도 어린 소녀처럼 여리고 순진했으며 세상 물정을 모르는 천진함으로 가득했다. 그녀는 마음뿐만 아니라 얼굴도, 몸도 아이처럼 가녀렸다. 가슴마저 작은 편이라 학창시절에는 '절벽녀'라는 별명이 내내 그녀를 따라다녔다. 졸업을 하고 취업을 한 그녀는 본격적으로 사회생활에 뛰어들었지만, 만만치 않은 세상살이 앞에 자신이 더욱 초라하고 보잘 것없는 존재로 느껴질 뿐이었다.

어느 추운 겨울날, 그녀는 작은 어깨를 한껏 옹송그리고 발을 동동 구르며 버스를 기다리고 있었다. 털이 잔뜩 달린 부츠를 신고 털이 송송한 귀마개, 똑같이 털이 송송한 장갑까지 낀 터라 그녀의 모습은 마치 작은 털 뭉치처럼 보였다. 꼭 살짝 밀기라도 하면 금세 데구루루 굴러갈 것만 같았다. 마스크 위로는 까맣고 커다란 눈동자가 물기를 머금고 빛났는데, 멋 부리기를 좋아하는 또래 아가씨들처럼 그녀 역시 서클렌즈를 끼고 있었다. 빛에 따라 노란색으로도, 붉은색으로도 보이는 염색 머리는 깔끔하게 빗어 올린 뒤 둥글게 똬리를 틀어 묶어서 안 그래도 작은 얼굴이 더욱 작아 보였다. 포인트로 캔디 모양의 머리핀까지 한 탓에 그녀는 더욱 더 소녀처럼 보였다.

외모만 보면 누구도 그녀가 이미 스물네 살이라는 것을 짐작하지 못했다. 그러니 과일 파는 아주머니가 그녀에게 '학생, 이제 하교하는 거야?'라고 묻는 것도 무리가 아니었다. 그때마다 그녀는 빙그레 웃으며 '저, 퇴근하는 거예요'라고 대답했다.

관하오양 역시 그녀의 이런 모습에 이끌렸다. 버스 정류장에서 처음 본 뒤 한눈에 추웨이에게 반한 그는 몰래 그녀의 사진을 찍으려고 애썼다. 하지만 결과는 영 좋지 못했다. 한 손에는 책가방을 들고 한 손에는 휴대전화를 든 채 어떻게든 제대로 된 사진을 건지려고 셔터를 눌러 댔지만, 그녀가 줄곧 발을 동동대며 움직이는 바람에 사진이 죄다 흔들리고 말았던 것이다. 할 수만 있다면 그녀의 어깨를 잡아 움직이지 않게 하고 싶을 정도였다. 거기에 마스크까지 벗길 수 있다면 더욱 좋고. 이왕이면 장갑도…….

망상이 끝없이 부풀던 찰라, 그녀의 시선이 갑자기 그를 향했다. 얼음장처럼 차갑고 날카로운 시선이었다. 그는 순간 머리 끝까지 얼어붙는 기분이 들었다. 그렇게 냉정하고 매정한 눈빛은 난생 처음 보는 것 같았다. 한없이 작고 예쁘기만 한 그녀에게서 어떻게 그런 눈빛이 나올 수 있는지, 관하오양은 놀라움을 금할 수 없었다. 날선 유리 조각을 달콤한 사탕인 줄 알고 입에 넣었다가 혀를 베인 것 같은 당혹스러움이 온몸에 퍼졌다.

그녀의 날카로운 시선이 한동안 그의 얼굴에 머물다가 곧 손에 들린 휴대전화로 옮겨 갔다. 관하오양은 황급히 문자를 보내는 척, 주소록을 뒤지는 척했다. 잠시 후, 그녀가 더 이상 자신을 보지 않는다는 것을 확인한 그는 그제야 조용히 안도의 한숨을 내쉬었다. 얼마나 긴장을 했던지 어깨가 다 뻣뻣했다. 만약 계속 사진을 찍으려 한다면 그녀는 분명히 휴대전화를 부숴 버리고 말리라. 기묘한 확신과 함께 관하오양은 왠지 모르게 그녀가 무섭게 느껴졌다.

혼자일 수밖에 없는 이유

세월은 거침없이 흘러 어느덧 몇 년이 훌쩍 지나갔다. 관하오양은 그때 장면을 떠올릴 때마다 저도 모르게 쓴웃음을 지었다. 길을 오가며 얼핏 보고 지나치는 낯선 사람들처럼 그 역시 그녀를 잘못 보았다. 그녀의 겉모습만 보고 아름다움에 이끌려 바보처럼 빠져든 것이다. 그것도 너무 깊이, 돌이킬 수 없을 정도로.

그가 그녀를 처음 만난 날로부터 벌써 4년이나 흘렀다. 대학을 졸업한 뒤 여러 우수한 기업에서 스카우트 제의가 왔지만 관하오양은 모두 거절했다. 대학원에 진학해서 연구를 계속하기로 했기 때문이다.

추웨이는 올해로 스물여덟 살이 되었지만 그녀에게만은 세월이 비껴간 듯 여전히 청초하고 아름다웠다. 관하오양이 집에 들어섰을 때, 그녀는 기다란 의자에 기대어 누워 있었다. 그녀의 얼굴은 오후의 따뜻한 햇살을 받아 온화하게 빛났고, 입가에 어렴풋한 미소도 감돌았다. 그렇게 따스한 표정으로 그녀는 자신의 배를 쓰다듬으며 조용히 중얼거렸다.

아가야, 착하지, 엄마가 재미있는 이야기를 들려줄게. 옛날 어느 드넓은 바다 깊은 곳에 인어들이 살고 있었단다…….

그녀의 목소리는 한없이 낮고 부드러웠다. 관하오양은 문가에 기대어 서서, 괴롭고 씁쓸한 마음으로 그녀가 천 한 번째로 들려주는 인어공주 이야기에 귀를 기울였다.

4년 전, 아니 그보다 훨씬 이전의 추웨이는 콧대 높고 고고한 아가씨였다. 예쁘고 여렸지만 결코 쉽게 대할 수 없는 분위기를 풍겼다. 그래서인지 대학을 졸업할 때까지 그녀는 줄곧 혼자였다.

그렇다고 좋다고 따라다니는 사람이 없었던 것은 아니다. 오히려 중·고등학교 때부터 추종자가 넘쳐났다. 대학 시절에는 잘생긴 남자가 기타를 들고 집 앞까지 찾아와 밤새 사랑의 세레나데를 부르는 로맨틱한 사건도 있었고, 사시사철 그녀의 정수기를 자처하며 물을 떠다 날라 준 선배도 있었다. 예술적 감수성이 넘치는 청년이 교내 방송을 통해 공개적으로 고백을 해 난리가 난 적도 있었다. 이렇듯 수많은 추종자가 온갖 정성을 들여 성실하게 그녀에게 구애를 했지만 추웨이는 단 한 번도, 그 누구에게도 곁을 내주지 않았다. 그저 자신을 이상하게 바라보는 시선을 초연하게 받아 내며 한결같이 고고할 뿐이었다.

그러나 공작새처럼 오만한 겉모습 뒤에 감춰진 진짜 추웨이는 이미 바닥까지 떨어져 산산이 부서진 지 오래였다. 그녀가 이렇게 된 이유는 단 하나, 사랑해선 안 될 사람을 사랑했기 때문이다.

젊었을 때는 누구나 한번쯤 나쁜 놈과 사랑에 빠진다. 그 '나쁜 놈'은 어느 한 구석 제대로 된 것이 없는 건달일 수도, 자기만 아는 이기주의자일 수도, 심지어 범죄자일 수도 있다. 하지만 일단 사랑이라는 그물에 걸리게 되면 그를 사랑하지 말아야 할 수백 가지 이유에도 불구하고 정신없이 빠져들고 만다.

추웨이도 예외는 아니어서 머저리 같은 남자를 사랑하고 말았다. 역사의 뒤안길로 사라진 수많은 '나쁜 놈'과 마찬가지로 그 악행을 이루 말할 수가 없는, 독 같은 남자였다. 그러나 이미 사랑에 빠진 그녀의 눈에는 아무것도 보이지 않았고 결국 몸과

마음이 산산이 찢기기까지 그 남자에게 매달렸다.

　그녀는 그를 위해 술과 담배를 배웠고 스스로를 우습게 만드는 행동을 배웠다. 어른들 앞에서 조신하고 얌전한 아이로 보이도록 내숭을 떠는 법도 익혔다. 가슴이 훤하게 패인 옷을 입고 가녀린 등과 얄팍한 어깨를 드러낸 채 술잔을 들고 킥킥 웃어대기도 했다. 그가 그녀의 그런 모습을 좋아했기 때문이다. 남자는 더할 것도 덜할 것도 없는 완벽한 악인이었다. 적지 않은 나이만큼이나 취향도 괴상해서 그녀가 반항적이고 버릇없게 굴수록 좋아했다. 특히 작디작은 몸을 다 드러내고 고래고래 소리를 지르며 펄펄 날뛰는 모습을 보기 좋아했다. 그는 항상 그녀를 희귀한 보석처럼 움켜쥐고 쓰다듬으며 구석구석 탐욕스레 살폈다. 하지만 늘 감상하기만 할 뿐, 자신이 가지려 하지는 않았다. 주머니가 텅 빈 수집가가 매우 귀한 물품을 보았을 때 갖고 싶은 마음에 안달하면서도 차마 손을 뻗지 못하는 것과 같았다. 그럴 수밖에 없었다. 그는 처자식이 있는 몸이었다.

　처음 만났을 때 남자는 이미 가정이 있는 유부남이었고 추웨이는 겨우 열다섯 살이었다. 한창 반항심이 넘치는 사춘기라지만 그녀는 유독 거칠고 힘든 시기를 보내고 있었다. 아직 어린 아이 티가 가시지 않은 가녀린 몸 안에는 주체할 수 없는 분노가 화약처럼 들어차 있었고, 쉽게 충동에 휩쓸렸다. 남자와 처음 만났을 때도 그녀는 온몸이 상처투성이가 된 채 경찰서에서 날뛰고 있었다. 패싸움을 벌인 한 무리의 불량 청소년 가운데 여자아이는 그녀가 유일했지만 목소리는 제일 크고 거칠었다. 당신들 죄다 웃기는 소리 하지 마! 날 당장 내보내 줘! 그녀는 끊임없이 소리를 지르고 욕을 하며 발길질을 해댔다.

하지만 모두 풀려날 때까지 그녀는 홀로 남아 있어야 했다. 아무도 그녀를 데리러 오지 않았기 때문이다. 다른 아이들이 하나둘 부모 손에 이끌려 돌아갈 때마다 그녀의 기세도 조금씩 사그라졌다. 그리고 어느덧 혼자 남겨지자 그녀의 분노는 슬픔으로 변했다. 그녀는 긴 의자에 앉아 몸을 잔뜩 웅크리고 고개를 무릎에 파묻었다. 그때, 남자가 그녀에게 다가왔다. 칠흑처럼 어두운 밤, 긴 복도에 흐르는 적막을 깨고 발자국 소리가 가까워 오자 그녀는 경계하며 고개를 쳐들었다. 그 순간 그녀의 눈에 어린 처연함이 남자의 마음을 흔들었다. 그는 그녀를 데리고 경찰서를 나왔고, 한바탕 입씨름과 달래고 어르기를 반복한 끝에 마침내 그녀의 모든 것을 알게 됐다. 어려서부터 고아원에서 자란 성장 배경과 그런 환경 속에서 극도로 불안하고 예민해질 수밖에 없는 그녀의 속마음까지, 모든 것을 말이다.

남자는 자신이 추웨이를 돕겠다고 했다. 그리고 그날 이후, 흔한 막장 드라마의 스토리처럼 두 사람 사이에 얽히고설킨 감정이 생기기 시작했다.

처음에는 그녀가 '나쁜 년'이었지만 나중에는 남자가 '나쁜 놈'으로 변해 갔다. 하지만 남자가 아무리 악한 모습을 보여도 이미 그에게 깊이 빠진 그녀는 감히 그를 떠날 생각조차 하지 못했다.

남자는 경찰인 동시에 사업가였다. 그는 자신의 지위를 이용해 그다지 크지 않은 그 도시에서 명망과 이익을 쌓아 가고 있었다. 추웨이는 열다섯 살 때부터 그의 곁에 머물면서 그가 저지르는 수많은 악행과 파렴치한 행동들을 보고 또 직접 경험했다. 그는 그 나이대의 성공한 인사들이 흔히 그러하듯 잔인하고 무례했다. 남자 덕에 그녀는 모든 성공 뒤에는 말할 수 없는 추악한 비밀이 숨겨져 있음을 알게 되었다. 그러나 그녀는 여전히 그를 사랑했다. 그녀에게 그는 구세주이자 온 세상, 전부였기 때문이다. 남자는 항상 떠나갈 듯 말 듯 주위를 맴돌았지만 그녀의 헌신적인 노력 덕분에 두 사람의 관계는 그녀가 스물네 살이 될 때까지 장장 9년이나 이어졌다.

뜻하지 않은 이별

관하오양이 스물네 살의 추웨이를 만났을 때, 열다섯 살의 추웨이가 자신보다 나이가 많은 모스롄을 사랑한 것처럼 그 역시 자신보다 나이가 많은 그녀에게 빠져들었다. 그 당시 관하오양은 청년보다는 소년이라는 말이 더 어울리는, 한창 대학 입시를 준비 중인 학생이었고 추웨이는 이미 사회인이었다.

소년 시절의 사랑은 대개 무모하고 충동적이며 뜨겁게 불타오르기 마련이라지만 관하오양의 경우는 특하나 유별났다. 그래서 추웨이가 아무리 얼음장 같은 방어벽을 세워도 그의 타오르는 혈기와 넘쳐나는 낭만적 감수성을 막기엔 역부족이었다. 초반에 그는 매일 같이 버스 정류장에서 기다리고 있다가 그녀가 나타나면 넉살 좋게 씩 웃으며 아는 체를 했다. 그녀가 무시해도 아랑곳하지 않았다. 그러다 어느 순간부터는 그녀를 따라 버스에 올라타더니 그녀를 위해 자리를 맡고, 버스가 붐비면 그녀가 편히 서 있을 수 있도록 어깨로 사람들을 밀고 버텼다. 시간이 조금 더 흐른 뒤, 그는 그녀의 전화번호를 알게 됐고 매일 문자를 주고받게 됐다. 좀 더 지난 후에는 회사 앞까지 찾아가 그녀가 퇴근하기를 기다렸다가 함께 저녁을 먹은 뒤 버스를 타고 돌아오는 사이로까지 발전했다.

　관하오양이 나타난 후 추웨이의 삶은 갑자기 다양한 색채를 띠기 시작했다. 처음에는 그녀도 낯선 이에 대한 경계와 천성적인 배타심 때문에 그의 열렬한 구애를 애써 무시했다. 그러나 꾸준히 곁을 지키는 그의 존재는 습관이 되었고, 습관이 깊어지면서 어느새 삶에서 없어서는 안 될 한 부분으로 자리잡아 버렸다.

　쉼 없이 떨어지는 물방울이 바위를 뚫듯이 그의 진지하고 성실한 사랑이 결국 그녀의 마음을 움직인 것이다. 그렇게 두 사람은 알듯 모를 듯 조금씩 서로의 생활 속에 녹아들었다. 다행히 그녀가 워낙 동안이라 두 사람이 함께 다녀도 사람들이 이상하게 바라보거나 별다른 이목을 끄는 일은 없었다.

관하오양이 모스렌의 존재를 안 것은 추웨이와 만난 지 두 달 뒤의 일이었다. 계절은 이미 한겨울이라 하늘과 땅이 모두 차갑게 얼어붙은 그날, 관하오양은 야간 자율학습을 마치고 나오는 길에 그녀의 전화를 받았다. 다급히 택시를 잡아타고 그녀가 있는 곳에 도착했을 때는 이미 밤 열시가 넘은 시각. 거리는 한산했고 늦게까지 문을 연 몇몇 가게만이 어스름한 빛을 뿜어 내고 있었다.

그녀가 그에게 일러준 주소는 작은 모텔이었다. 한산한 거리와는 대조적으로 모텔 안은 북적북적 소란스러웠다. 그가 막 발을 들였을 때, 안쪽에서 시끄러운 소리가 들려왔다.

"젊은 년이 부끄러운 줄도 모르고, 어디 남의 남편이랑 몇 년씩이나 놀아나? 너 같은 건 맞아 죽어도 싸!"

관하오양은 사람들을 억지로 비집고 들어갔다. 그곳에서 그가 가장 먼저 본 것은 땅바닥에 납작 엎드린 추웨이의 모습이었다. 산발한 머리에 몸은 여기저기 얻어맞은 자국이 선명했다. 그녀 옆에는 웬 부인이 장승처럼 버티고 서서 목에 핏대를 세우며 고래고래 소리를 지르고 있었다. 관하오양은 앞뒤 잴 것 없이 난리 한복판으로 뛰어 들어가 추웨이를 일으켜 세웠다. 그녀는 고개를 숙인 채 속삭였다.

"날 데리고 나가줘."

그가 그녀를 감싸 안고 나오려는데 그 부인이 길을 막아서며 날카롭게 물었다.

"당신 누구야?"

관하오양도 눈을 치켜뜨며 거칠게 맞받아쳤다.

"당신이야말로 누구야?"

그러나 부인의 얼굴을 보는 순간, 그는 자신도 모르게 숨을 들이켰다. 상대 역시 깜짝 놀라 외쳤다.

"아니 너, 하오양 아니니?"

어머니의 마작 친구인 모씨 아주머니였다. 관하오양은 그 자리에 얼어붙었다. 지금 자신이 무슨 상황에 처한 것인지 혼란스러웠다. 다행히 그보다 빨리 상황을 파악한 상대가 추궁하듯 물었다.

"너 지금 이게 뭐하는 짓이니?"

그에게 몸을 기대고 있던 추웨이가 움찔하는 것이 느껴졌다. 관하오양은 그녀의 어깨를 더욱 단단히 끌어안으며 그의 평생에 가장 단호한 목소리로 말했다.

"제 여자 친구예요. 그러니 제가 데리고 가겠습니다."

이날, 관하오양과 추웨이 사이에 처음으로 모스롄이란 존재가 수면 위로 떠올랐다. 그는 아무것도 묻지 않았고 그녀 역시 아무 말도 하지 않았다. 하지만 어떤 일들은 굳이 말로 하지 않아도 말하는 것보다 더 명백하고 또 괴로운 법이다.

관하오양은 추웨이를 집까지 바래다주었다. 그가 떠나는 순간까지도 그녀는 고개를 숙인 채 표정을 숨기고 있었다. 그 역시 도무지 입이 떨어지지 않았다. 무슨 말을 해야 할지 알 수 없었다. 결국 그는 말없이 한숨만 쉬고 다음을 기약하며 발길을 돌렸다.

그러나 두 사람의 다음 만남은 그로부터 3년이 흐른 뒤에야 이뤄졌다.

관하오양이 추웨이를 다시 만난 것은 어느 기업의 채용 설명회에서였다. 그는 취업 준비생, 그녀는 채용 담당자로 재회한 것이다. 서로 시선이 마주치는 순간 관하오양은 자신이 백일몽에 빠졌다고 생각했다. 그러나 그것은 꿈이 아닌, 생생한 현실이었다. 3년이 흘렀지만 추웨이는 여전히 옛 모습 그대로 여리고 아름다웠다. 하지만 관하오양은 그 사이에 키도 훌쩍 크고 어깨도 넓어졌으며 숨소리마저 한층 진중해졌다. 소년의 티를 완전히 벗고 어엿한 청년으로 성장한 것이다.

두 사람은 카페로 자리를 옮겨 잠시 이야기를 나누기로 했다. 추웨이가 차를 건넬 때, 관하오양은 그녀의 눈빛에서 예전의 날카로움 대신 온화함을 보았다. 표정도 과거에 비해 훨씬 부드러웠다. 지난 3년 동안 그녀도 변한 부분이 있기는 했던 것이다.

그는 뚫어져라 그녀를 바라보았고, 그녀는 수줍게 웃었다.

그 미소를 보자 관하오양의 가슴이 다시금 뜨거워졌다. 실은 그녀를 처음 본 순간, 그는 속으로 '큰일났네'라고 중얼거렸다. 그동안 자신이 그녀를 단 한 번도 잊은 적 없다는 사실을 새삼 깨달았기 때문이다.

그녀와 마주 앉아 있자니 과거의 기억이 봇물 터지듯 쏟아져 나왔다. 3년 전 그날, 집으로 돌아간 그는 분노로 얼굴이 벌개진 부모님과 마주해야 했다. 기묘하게 얽힌 인연을 생각한다면 당연한 결과였다. 모씨 아주머니가 무어라 말을 했는지는 몰라도 부모님이 그에게 정신 나간 놈이니, 변변찮은 놈이니 욕을 하면서 외출 금지령을 내릴 정도로 상황은 심각했다. 부모님은 그를 나무라기도 하고 구슬리기도 하면서 추웨이와 만나지 말 것을 종용했다. 그가 추웨이와 모스렌의 관계를 명확히 알게 된 것도 이때였다.

물론 그는 그 사실을 순순히 받아들이지 못했다. 추웨이를 직접 만나 이야기해 봐야 한다는 생각뿐이었다. 그러나 부모님은 그를 학교도 못 가게 하고 가정교사를 불러 집에서 공부를 시켰다. 휴대전화, 컴퓨터 등 그녀와 연락할 수 있는 수단도 모두 압수했다. 관하오양도 처음에는 순순히 물러서지 않고 반항하고 대들었다. 그러나 이러한 몸부림도 시간이 갈수록 점차 가라앉았다. 아니, 멍한 상태에 빠졌다고 하는 편이 옳으리라. 그렇게 반쯤 넋이 나가 있는 동안 대학 입시가 코앞에 닥쳤다. 문득 엄

청난 책임감과 압박감이 그를 덮쳤다. 현실적인 문제 앞에 정신을 차린 것이다.

대학 입시가 끝난 후, 그는 그녀에게 연락을 시도했다. 그러나 그녀는 이미 휴대전화 번호도 바꾸고 이사까지 간 상태였다.

그 후로 서로의 행방을 모르는 채 지금까지 3년이라는 시간이 흘렀다.

인어공주의 가슴 아픈 미소

전혀 예상치 못한 만남이었지만 일단 그녀를 만나자 마치 지금껏 이 날만을 기다려온 것 같은 느낌이었다. 심지어 이 순간을 위해 지난 3년을 살아온 것만 같았다. 이 한 순간으로 인해 만물이 되살아나고, 두 사람 사이의 감정을 비롯해 모든 것이 제자리로 돌아오는 듯했다.

그들은 지난 3년 동안 서로에게 무슨 일이 있었는지 묻지 않았다. 대신 마치 어제 헤어졌다 오늘 만난 사람들처럼 일상적인 대화를 나눴다. 추웨이는 예전보다 식욕이 좋아진 듯 잘 먹고 잘 웃었다. 송곳처럼 날카로웠던 분위기도 한껏 누그러져서 전혀 다른 사람이 된 것 같았다. 관하오양은 그녀에게서 뭐라 형용할 수는 없는 따뜻하고 온화한 느낌을 받았다. 그리고 다시 소년 시절로 돌아간 듯 가슴이 뛰기 시작했다. 그녀에 대한 사랑이 예전의 그 모습 그대로 살아난 것이다.

관하오양은 뜨거운 감정을 주체하지 못하고 충동적으로 추웨이의 손을 잡았다. 그러나 그녀는 당황한 기색도 없이 조용히 손을 빼내고는 그에게 다시 차를 따라주며 말했다.

"이 카페는 차가 참 좋아. 나도 임신하기 전에는 자주 왔었어."

관하오양은 아무 말도 하지 못하고 멍하니 그녀를 바라봤다. 그녀는 조용히 미소 지었다.

그 이후, 그가 그녀를 다시 만난 곳은 병원이었다. 병원 측의 전화를 받고 달려갔을 때 그녀는 종이 인형처럼 바싹 마른 모습으로 침대 위에 힘없이 늘어져 있었다. 유산이라고 했다. 보호자가 없어서 전화번호부를 뒤졌는데 그의 전화번호만 적혀 있어서 연락하게 됐다는 간호사의 설명이 망연자실한 그의 등 뒤에서 울렸다.

그는 문가에 기대어 3년 전의 그날을 떠올렸다. 그날처럼 모든 것을 내팽개치고 헐레벌떡 달려왔건만 또다시 다른 사람 때문에 고통 받는 그녀를 보게 되다니. 오늘도, 그녀가 잃은 아이는 그와 아무 상관이 없었다.

대체 어떤 표정을 지어야 할까. 그는 도무지 알 수가 없었다. 그때 마침 그녀가 눈을 뜨더니 그를 한참 바라보다 힘없이 툭 내뱉었다.

"아이 아빠, 그 사람이야."

무거운 침묵이 흘렀다. 잠시 후, 그녀가 다시 입을 열었다.

"와 줘서 고마워."

모든 것이 불 보듯 명확해졌다. 지난 3년 간 그녀를 잊지 못한 자신만 바보인 줄 알았는데 알고 보니 그보다 더한 바보가 여기 있었던 것이다. 관하오양은 멍하니 그녀를 바라봤다. 아무 말도 못하고, 하염없이 그녀의 얼굴을 적시는 투명하고 처량한 눈물만 바라봤다.

아무리 생각해 봐도 그는 자신의 마음을 알 수가 없었다. 그녀의 마음은 더더욱 알 수 없었다. 왜 그녀의 소식만 들으면 이성을 잃고 달려오고 마는 것일까. 때로는 자책하고 때로는 스스로를 욕했지만 그도 자신을 어찌할 수가 없었다, 그래서 낙담하고, 절망했다.

그녀가 병상에 있는 동안 그는 줄곧 그녀의 곁을 지켰지만 둘 사이에 제대로 된 대화는 한 번도 오가지 않았다. 그녀는 대부분 잠들어 있었고, 그는 그런 그녀를 멀거니 바라보기만 했기 때문이다.

퇴원하는 날은 날씨가 화창했다. 그는 그녀에게 꽃 한 송이를 사다 주었다. 그녀는 심호흡하듯 꽃냄새를 맡으며 향이 좋다는 말을 몇 번이나 했다. 그들은 함께 병원 문을 나섰다. 그리고 곧장 미용실로 향했다. 머리카락을 짧게 자른 그녀는 한결 홀가분하고 성숙해보였다.

이 날, 웬일인지 그녀는 놀라울 만큼 쉴 새 없이 재잘댔다. 심

지어 그에게 동화를 들려주기도 했다. 인어공주에 대한 동화였다. 그리고 이렇게 말했다.

관하오양, 나는 있잖아, 아기가 나를 떠나가려 할 때, 그래서 배를 부여잡고 힘겹게 걸어서 병원으로 향할 때, 그때 느꼈던 아픔이 인어공주가 다리가 생길 때의 아픔과 같지 않을까 생각해. 꼭 칼날 위를 걷는 것 같았거든…….

그녀와 세 번째로 만났을 때 관하오양은 마침내 모스롄과 얼굴을 마주했다. 햇살이 눈부시게 좋은 날, 그녀의 연락을 받고 또다시 종종걸음으로 달려간 도시 한복판의 커다란 공원에서였다.

모스롄은 이미 중년을 넘긴 나이에 배까지 불뚝 나왔지만 여전히 당당하고 기운이 넘쳤다. 추웨이는 그의 옆 의자에 앉아 나무 인형처럼 꼼짝 않고 그의 질책을 듣고만 있었다. 모스롄이 말했다. 다시는 나를 찾아오지 말라고 몇 번이나 말하지 않았느냐, 우리 사이는 이미 끝난 지 오래다. 그리고 또 말했다. 그 아이에 대해서라면 나는 아무것도 모른다, 그러니 내 탓하지 마라. 그의 입에서 끊임없이 말이 흘러나왔다. 욕심 부리지 말라고 그렇게 알아듣게 얘기했건만 네가 선을 넘은 것이 아니냐, 그러니 오늘 이후로 너와 나는 아무 상관도 없는 사이다…….

관하오양은 다짜고짜 다가가 그의 입에 주먹을 날렸다. 그리고 쓰러진 그의 위에 올라타 마구 주먹을 휘둘렀다. 그러나 오랫동안 경찰에 몸담았고 무술 유단자이기도 한 모스롄이 금세 반격을 가하는 바람에 두 사람은 결국 서로 뒤엉겨 치고받았다.

그 와중에도 추웨이는 고개를 숙인 채 처음 모습 그대로 미동조차 하지 않았다. 그러다 화가 머리끝까지 난 모스롄이 이 자식 누구냐고 외치자, 그제야 얼굴을 들고 희미하게 웃으며 말했다.

"내 남자친구예요. 당신도 아는 사람이고요."

모스롄도 얼어붙고 관하오양도 얼어붙었다. 두 사람은 손을 멈추고 동시에 추웨이를 바라봤다. 그녀는 여전히 미소를 지으며 재밌다는 듯 중얼거렸다.

"내가 불렀어요. 저 사람이 날 보호해 줄 거예요. 모스롄, 당신은 나와 내 아기를 절대 해치지 못해요……."

얼마 후, 관하오양은 추웨이를 자신의 집으로 데려왔다. 병원에 오래 둘 수가 없었기 때문이다. 어차피 그녀의 병은 한순간에 좋아질 수 없는 것이었다. 어쩌면 평생이 걸릴지도 몰랐다. 그런 그녀를 차가운 병원에, 더구나 제정신을 잃은 사람들 사이에 두고 올 수는 없었다. 아마 그녀는 너무나 여리고 착해서 괴롭힘을 당하고 말리라. 그의 곁에 있는 것이 그녀에게는 가장 안전했다.

에필로그

올해 추웨이는 스물여덟 살이 됐고, 두 사람이 만난 지도 벌써 4년이 흘렀다. 그녀는 여전히 어린아이 같다. 가끔은 그를 향해 천진하게 웃어 보인다. 처음 만났을 때 보였던 그 차가운 눈빛은 사라진 지 이미 오래다.

올해 관하오양은 대학원에 진학했다. 취직하는 대신 학교에 남기로 한 것은 연구를 하면서 그녀를 돌보기 위함이다. 어느새 그는 강인한 인내와 쓸쓸함이 담긴 눈빛을 가진 남자가 되었다.

연구하는 짬짬이 여유가 생기면 그는 그녀에게 이야기를 들려준다. 어느 추운 겨울날, 작은 털 뭉치처럼 보였던 어느 아가씨의 이야기를. 하지만 대개는 그녀가 그에게 이야기를 들려준다. 늘 같은 이야기를 몇 번이고 반복한다. 그녀가 이야기를 하는 대상은 그와, 그녀의 아기다. 이야기는 항상 이렇게 시작된다.

옛날 어느 드넓은 바다 깊은 곳에 한 무리의 인어들이 살고 있었단다. 그런데 그중에 사랑해서는 안 될 사람을 사랑하게 된 바보 같은 인어공주가 있었어…….

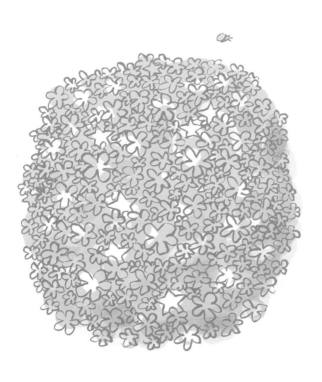

독한 술은 사람을 넘어뜨린다.
젊을 때는 그 술이 얼마나 독한지도 모르고,
단지 그 향기에 취해 끊임없이 탐닉하는
어리석은 우를 범하기 쉽다.
당장의 충족이 아닌, 먼 곳의 진정한 만족을 바라보라.
당신을 위해 펼쳐진 세상은 크고도 넓다.

무무木木

3
한바탕 꿈 같은 인생,
그래도 살아간다

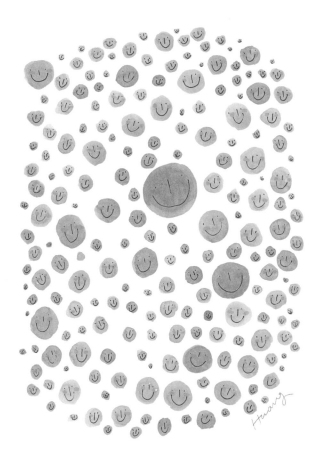

"

사실은 당신도 알고 있다.

어떤 감정들은 절벽에 핀 꽃처럼

멀리서 바라봐야 할 뿐 감히 만지려 해서는 안 된다는 것을.

사랑하지 않거나 사랑하는 것을 몰라서가 아니라

서로를 지극히 사랑한다고 할지라도

화려하기만 한 세상 속에,

독을 품은 꽃의 유혹을 이기지 못할 때가 있기에

우리는 고통의 눈물을 흘린다.

"

코알라의 빛

펑웨이샹風爲裳

1

아빠는 어렸을 적 내 이야기를 할 때마다 늘 신이 났다.

"네가 애기였을 때 얼마나 예뻤는지 아느냐? 보는 사람마다 아주 귀엽다고 침이 마르도록 칭찬했어. 게다가 순하기는 또 어찌나 순한지! 뭔 애기가 먹고 잘 줄만 알지 도통 울지를 않는 거야. 그래서 내가 한때는 고민을 했지. 아, 요것이 혹시 바보가 아닌가! 어째 먹고 잘 줄만 알까! 이런 말을 네 엄마한테 했다가 아주 무지막지하게 눈총을 받았지만. 그러다 어느 날 자오충상趙忠祥이 연기하는 〈동물의 세계〉를 보는데, 마침 호주에 사는 새끼 코알라가 나오는 거야. 그런데 그 코알라가 너랑 똑같지 않겠어? 토실토실 살이 올라서 게으름뱅이인 게 딱 네 짝인 거야!"

"아빠, 자오충상이 연기한 게 아니라 해설한 거겠지."

내가 중간에 말을 고쳐 주자 아빠는 손을 휘휘 저으며 말했다.

"그려, 해설한 거. 어쨌든 내가 딱 그걸 보자마자 '아, 우리 딸 내미 이름을 코알라로 지어야 쓰겠구나!' 하고 결정을 내려 버렸다. 네 이름을 동네사람들한테 알리니까 다들 뭐라는지 알아? '늙다리 징景씨가 촌스러운 줄만 알았더니 딸 이름 하나는 서양 느낌으로 기똥차게 잘 지었네.' 다들 그랬다니까!"

나는 입을 가리고 웃으며 말했다.

"아빠는 진짜 입담이 좋아. 리용李永도 아빠한테 못 당할걸?"

아빠는 엄지와 검지로 턱을 받치며 익살스럽게 대꾸했다.

"나가 딴 건 몰라도 인물 하나는 리용보다 낫지. 두 살만 젊었어도 류덕화보다 잘생겼단 소리를 들었을 거야. 너, 아빠가 젊었을 때 여자들이 얼마나 죽자 사자 따라다녔는지 모르지?"

곁에서 엄마가 눈을 흘기며 말했다.

"주책이야! 딸 앞에서 못 하는 소리가 없어."

그러자 아빠는 나를 향해 날름 혀를 내밀며 작은 소리로 속삭였다.

"느이 엄마 질투한다!"

나는 쿡쿡 웃고는 아빠에게 말했다.

"아빠, 다 나으면 같이 호주에 코알라 보러 가자."

아빠는 커다랗고 투박한 손으로 내 손을 어루만지며 대답했다.

"그럼! 걱정할 거 없어. 난 꼭 오래오래 살 거야. 그래야 우리 코알라한테 이만큼 키운 값을 돌려받지!"

"맞아. 아빠는 평생 손해 보는 장사 안 했잖아. 만약 이제 와서 이만큼 손해를 본다면 아마 신문에 날 거야. 그러니 꼭 일어나야 해, 아빠. 알았지?"

아빠는 고개를 끄덕이며 눈웃음을 지었다. 엄마는 뒤돌아서서 아빠 몰래 눈물을 닦아 냈다.

"코알라야, 가서 우리 집 근처에서 파는 호떡 좀 사 오너라."

"뭐 하러 애를 보내요? 내가 다녀올게요."

엄마가 나서자 아빠는 손을 내저으며 말했다.

"자네가 사 온 거랑 우리 공주가 사 온 게 같은가? 난 우리 딸내미가 사 온 게 먹고 싶은걸."

"기다리세요, 제가 금방 다녀올게요."

나는 서둘러 자리를 떴다.

품안에 한가득 따뜻한 호떡을 안고 병원 복도에 이르렀을 때, 병실 안에서 찢어지는 듯한 울음소리가 들려왔다.

"여보! 당신 어쩜 이렇게 못됐어요? 이렇게 가 버리면 우리 딸은 어쩌라고요!"

오빠가 울먹이며 하는 말도 들려왔다.

"엄마, 제가 있잖아요. 아빠가 제게 코알라를 맡기셨으니 걱정 마세요. 엄마……."

나는 그 자리에 굳어 버렸다. 어느새 품에서 미끄러진 호떡 봉지가 대리석 바닥 위에 툭, 떨어졌다. 그것도 모르고 나는 멍하니 중얼거렸다.

"아빠, 딸이 사 온 호떡도 못 드시고……. 진짜 손해 보신 거예요, 아빠. 엄청난 손해라고요……."

2

사람들은 모두 말했다. 늙다리 징 씨처럼 딸을 귀애하는 사람을 못 봤다고, 여차하면 하늘의 별도 따다 주겠다고 말이다.

내가 어렸을 때 우리 집은 가난했다. 아빠는 의류 공장의 생산 라인에서 단추를 달고 생산량을 점검하는 일을 했는데 매달 수입이 3천 위안을 밑돌았다. 어느 해인가, 내 생일을 앞두고 아빠가 물었다.

"코알라야, 선물로 무얼 받고 싶으냐?"

나는 아무 생각 없이 냉큼 대답했다.

"인형! 린야오야오가 가진 그런 인형!"

그러자 엄마가 대뜸 무서운 얼굴을 하며 나를 다그쳤다.

"왜 린야오야오랑 비교를 하니! 그 애 아빠는 공장장이잖아!"

하지만 아빠는 눈짓으로 엄마를 제재한 후, 내게 다정하게 말했다.

"공장장이 뭐 대수냐. 우리 코알라처럼 시험 볼 때마다 100점을 맞는 똑똑한 딸내미도 없는걸!"

생일이 되자 아빠는 정말로 내게 인형을 선물해 주었다. 하지

만 나는 입을 삐죽이며 인형의 하얀 면 치마를 잡아당겼다.

"하나도 안 예뻐. 나도 망사 치마 입은 인형을 갖고 싶단 말이야."

엄마가 눈살을 찌푸렸다.

"쟤가 또 버릇없이 구네!"

하지만 아빠는 나를 어르며 말했다.

"이렇게 하자. 아빠가 내일 인형 옷 몇 벌을 만들어다 주마. 그럼 되겠지?"

나는 고개를 갸우뚱하며 물었다.

"아빠가 만들 줄 알아?"

아빠는 웃으며 내 뺨을 꼬집었다.

"이 녀석아, 아빠가 옷 공장을 다닌다는 사실을 잊은 게냐!"

나는 그제야 배시시 웃었다.

"근데 아빠, 매일 단추만 달면 지겹지 않아?"

"지겹긴 뭐가 지겹냐. 봐라, 이 손이 갈수록 얼마나 민첩하고 날렵해지는지!"

아빠의 손은 크고 마르고 투박했다. 단추 다는 일 외에 틈틈이 미장이 일도 하는 아빠는 늘 손이 거칠었다.

그날 밤, 나는 잠결에 부모님의 대화를 들었다.

"당신 코알라에게 너무 오냐오냐 하는 거 같아요. 오늘은 피 팔아서 인형 사 주고, 내일 또 뭐를 사달라고 하면 그땐 어쩌려고 그래요? 신장이라도 팔 거예요?"

"그렇다고 애를 기죽일 수는 없잖아."

아빠가 담담한 목소리로 대답했다.

며칠 후, 퇴근해서 집에 온 아빠가 뒤로 손을 감추고 싱글벙
글하며 나를 불렀다. 그러더니 짠, 하고 회색빛의 풍성한 망사
치마를 내밀었다.

"자, 이제 인형 옷을 갈아입혀 보자."

하지만 나는 입술을 꾹 깨문 채 아무 말도 하지 않았다. 색깔
이 너무 미웠기 때문이다. 그런 나의 마음을 눈치 챘는지 아빠
가 웃으며 말했다.

"코알라야, 누가 이런 색깔의 옷을 입는지 아느냐?"

내가 고개를 젓자 아빠는 비밀 이야기라도 하듯 목소리를 낮
췄다.

"죄수들이란다. 아빠네 공장에서는 감옥에 갇힌 죄수의 옷을
만들거든. 그러니 너도 착한 사람이 되어야 한다. 그렇지 않고
죄를 지어 감옥에 가면, 예쁜 색의 옷을 못 입어!"

나는 소리내어 웃었다.

"그럼 반대로 예쁜 색깔 옷을 입으면 감옥에 안 가겠네?"

아빠가 엄마를 돌아보며 감탄했다.

"우리 딸 정말 똑똑하지 않아?"

아빠는 내가 인형의 옷을 갈아입히는 것을 도와주면서 말했다.

"코알라야, 이 옷 말이다, 아빠가 공장에서 가장 실력 좋은 재봉사 아줌마네 창고를 3일 내내 고쳐 주고 나서 얻은 거란다. 보기에는 하늘에서 뚝 떨어진 것 같아도 사실은 아빠가 고생해서 얻었다는 걸 잊으면 안 돼."

잠시 후 아빠가 말을 이었다.

"그러니 나중에 크면 네가 아빠를 돌봐줘야 한다, 알았지? 안 그러면 내가 너무 손해 보는 장사란 말이다."

나는 인형을 침대에 눕히며 건성으로 대답했다.

"알았어, 아빠. 나중에 내가 어른이 되면 아빠한테 호떡 많이 많이 사 줄게!"

하지만 속으로는 이렇게 생각했다.

'아휴, 아빠는 맨날 똑같은 말만 해!'

3

내가 학교에 들어갔을 때도 아빠는 공장에서 가장 손재주가 좋은 아저씨에게 부탁해서 책가방을 만들어 왔다. 그리고 내게 가방을 매어 준 후 이리저리 둘러보며 뿌듯해했다.

"이야, 멋지다. 코알라야, 이건 아무리 돈을 줘도 못 사는 거란다!"

아빠는 매일 나를 학교까지 데려다주고 교실 밖에 서서 내가 '아, 에, 이, 오, 우'를 따라하는 모습을 흐뭇하게 지켜보았다. 그 모습이 사뭇 불편했던 젊은 담임 선생님이 일부러 교실 문을 닫아 버리면 아빠는 큰 키를 이용해서 교실 창문 너머로 나를 쳐다봤다. 결국 참다 못한 담임 선생님이 교장 선생님에게 찾아가 불만을 토로했다.

"징 씨에게 뭐라고 말 좀 해주세요. 학교를 다니는 게 징 씨인지, 징 씨의 딸인지 알 수가 없다니까요!"

아빠의 동창이기도 한 교장 선생님은 허허 웃으며 아빠 편을 들었다.

"마흔이 넘어서 얻은 귀한 딸이니 오죽하겠나. 자네가 좀 이해해주게."

하지만 담임 선생님의 말은 그대로 사실이 되었다. 나에게 닥친 불행이 나를 아빠 없이는 학교도 다닐 수 없게 만든 것이다.

학교를 다니기 시작한 지 얼마 되지 않았을 무렵, 나는 다리에 엄청난 통증을 느끼며 잠에서 깼다. 엄마는 서랍을 뒤져서 예전에 오빠가 먹다 남긴 칼슘제를 찾아내 두 알을 줬다.

"아마 키가 크느라고 다리가 아픈 걸 거야. 그러니 엄살 부리지 말고 이걸 먹으렴."

칼슘제를 먹자 통증은 금방 사라졌다. 그러나 그로부터 이틀도 지나지 않아서 나는 운동장에서 고무줄놀이를 하다가 그만 힘없이 주저앉고 말았다.

그 이후로도 이유 없이 넘어지는 일이 잦아지자 엄마는 겁에 질려서 그제야 사실대로 아빠에게 털어놨다. 아빠는 엄마에게 불같이 화를 냈다.

"엄마라는 사람이 애 건강에 그렇게 둔감하면 어떡해?"

엄마는 우는 나를 달래며 아무 말도 하지 못했다.

큰 도시로 나가서 병원을 몇 군데나 돌아다니는 동안 아빠는 줄곧 자기 머리를 때리면서 중얼거렸다.

"멍청한 늙다리 징 씨야! 사람들이 너는 딸자식이 없을 운명이라고 하지 않았냐? 그런데 그 말을 안 듣고 억지로 딸을 갖더니, 이게 뭐냐! 이제 어쩌느냐, 우리 코알라는 이제 어째……."

나는 아직 어렸기에 사태의 심각성을 알지 못했다. 친구들과 같이 고무줄놀이를 할 수 없는 것만 빼면 오히려 아픈 것이 좋았다. 아빠가 매일 달콤하고 시원한 복숭아 통조림을 사 줬기 때문이다.

한 달 후, 나는 아빠에게 업혀서 집으로 돌아왔다. 아빠는 한결 수척해진 얼굴로 내게 말했다.

"코알라야, 다리가 아프다는 거 아빠도 잘 안다. 그래도 학교는 가야 해. 무슨 일이 있어도 학교는 다녀야 한단다."

나는 순순히 고개를 끄덕였다.

다리의 통증이 갈수록 심해지면서 나는 내가 '대퇴골두 무혈성 괴사'라는, 이름도 외우기 힘든 병에 걸렸다는 사실을 점차 몸으로 이해했다. 걷는 것도 조금씩 힘들어졌고 쓰디쓴 알약을 하루에도 몇 개씩 털어 넣어야 했다. 그런 나에게 오빠가 말했다.

"네가 먹는 그 쓴 약들이 모두 맛있는 사탕으로 바뀌면 좋을 텐데. 그렇지?"

그러자 아빠가 엄한 소리로 오빠를 꾸짖었다.

"쓸데없는 소리 말아라! 나으려면 약을 먹어야 하는 거야!"

내가 아팠기 때문일까. 오빠는 유달리 속이 깊고 말수가 적은 아이로 자랐다. 또 일찍 철이 들어서 좋은 물건이 생기면 꼭 나에게 먼저 갖다 주었다.

어느 날, 베이징에 사는 외삼촌 내외가 소식을 듣고 찾아왔다. 아빠는 아무 말 없이 담배만 피웠고 엄마는 연신 눈가를 닦았다. 무겁고도 이상한 분위기 속에 한참을 머뭇거리던 외삼촌 내외는 친구와 저녁 약속이 있다며 자리를 떴다. 아빠는 그들을 배웅한 후 담배꽁초를 던지며 내뱉었다.

"우리 일은 우리가 알아서 하는 게야. 누구도 의지할 필요 없어! 난 누가 뭐래도 우리 코알라를 건강하게 잘 키울 거야."

4

동북 지역의 겨울은 춥고 매섭다. 그해 겨울도 어찌나 추운지 물방울이 떨어지다 얼음으로 변할 정도였다. 그즈음, 동네에 기이한 소문이 돌았다. 서산西山에 황 씨 성을 가진 신선이 나타나 자신을 믿고 따르는 사람들에게 만병통치약을 나눠 준다는 소문이었다. 마음이 동한 아빠는 엄마에게 말했다.

"이대로 손 놓고 있을 수는 없잖아. 가서 약을 구해 올게. 만약 낫는다면 그 신선에게 감사한 일이고, 안 낫는다고 해도 밑져야 본전이지."

엄마는 눈물만 흘릴 뿐, 아무 말도 하지 못했다.

아빠는 만 하루가 지나서야 집으로 돌아왔다. 그날 밤, 엄마는 아빠가 대문을 들어서자마자 거의 반강제로 온돌방에 밀어 넣었다. 온몸이 꽁꽁 얼어 있었기 때문이다. 심지어 발에 신발이 얼어붙어서 벗겨지지 않을 정도였다. 엄마 힘으로는 부족해서 오빠까지 동원되어 한참을 애쓴 후에야 아빠의 신발을 벗길 수 있었다. 발은 이미 심한 동상으로 붉게 부풀어 있었지만 아빠는 아랑곳없이 품속에서 작은 술병을 꺼내며 나에게 말했다.

"코알라야, 이게 바로 아빠가 하룻밤 내내 무릎 꿇고 빈 끝에 얻어온 명약이란다. 자, 어서 마셔 보렴."

당연한 얘기지만 병은 조금도 나아지지 않았다. 사실 그 명약은 아주 추운 날씨에 대접에 따라둔 바이지우白酒의 불순물이 결빙되면서 생긴 결정에 불과했다. 다시 말해 술의 찌꺼기를 명약이라고 속인 것이다.

세월이 한참 지난 후, 아빠는 술을 마실 때마다 그 일을 안주거리처럼 꺼냈다. 그리고 마지막에는 꼭 내 머리를 쓰다듬으며 말했다.

"코알라야, 건강하게 자라서 나중에 꼭 나를 돌봐줘야 한다. 안 그러면 내 손해가 막심해."

아빠는 옷 공장을 그만두었다. 사내 대장부가 되어서 계속 천조각만 주무르고 있을 수 없다는 것이 이유였다. 그리고 공사판을 돌아다니며 막일을 하기 시작했다. 아빠는 언제나 큰 공사를 하고 싶어 했지만 마음처럼 되지는 않았다. 아빠 말로는 '바늘에 실 끼우는 데만 익숙해진 손이라 벽돌을 드는 데 영 재주가 없었기 때문' 이랬다. 이 말을 할 때면 아빠의 얼굴은 언제나 붉게 물들었다.

아빠는 매일 나를 업어서 등하교시켰다. 처음에는 아빠나 나나 그리 힘들지 않았지만 내가 자라면서 점차 힘에 부치는 일이 되었다. 아빠는 나를 업고 교실이 있는 3층까지 올라가며 종종 이렇게 말했다.

"코알라야, 조금만 천천히 자라자. 응?"

그러나 곧 이렇게 덧붙였다.

"아니다, 그것도 안 되겠다. 너는 자라지 않는데 나만 늙으면 그것도 큰일이 아니냐?"

그즈음 나는 감수성이 예민한 사춘기 소녀였기에 툭하면 눈물을 흘렸다. 그때마다 아빠는 나를 달래며 말했다.

"우리 딸, 슬퍼할 거 없어! 예쁘고 공부도 잘하는데 뭐가 걱정이야! 아빠랑 엄마는 나중에 네 덕 보고 살 생각에 벌써부터 기분이 좋은걸."

나는 눈물이 범벅된 얼굴로 웃으며 물었다.

"덕을 보다니 무슨 소리야?"

"네가 우리를 돌봐주기로 했지 않느냐! 내가 지금 널 돌보는 것처럼 나중에는 네가 나를 돌봐야지. 그게 세상 사는 이치란다."

곁에서 오빠가 입을 부루퉁하게 내밀며 말했다.

"네네, 아빠는 코알라만 자식이지요. 코알라만 있으면 저는 필요 없으시죠?"

아빠가 웃으며 오빠의 머리를 쓰다듬었다.

"그래, 이 녀석아! 눈치 한 번 빠르구나. 난 네 밥은 안 얻어먹고 살란다!"

치료약의 부작용으로 심장에 문제가 생기면서 나는 심각한 가슴통증과 호흡 곤란에 시달렸다. 다리의 상태도 갈수록 나빠져서 결국 더 이상 일어설 수 없게 되었다. 상황이 심각할 대로 심각해졌을 때, 의사가 아빠에게 말했다.

"어차피 어른이 되어서도 제 구실은 못할 겁니다. 그런데 왜 아직까지도 학교에 보내십니까?"

의사 앞에서는 언제나 순한 양 같았던 아빠는 이 한 마디에 미친 사자처럼 날뛰었다.

"사람을 살리는 의사라면서 어떻게 그런 말을 할 수 있어? 아무리 아프고 아무리 나빠진다고 해도 이 애는 나의 하나뿐인 귀한 딸이야! 내 심장이나 다름없는 애라고!"

하지만 아빠가 길길이 날뛴다고 해서 현실이 바뀌는 것은 아니었다. 나는 결국 학교를 그만두고 집에 누워서 아빠가 사다 주는 책을 보기 시작했다. 배움이 짧았던 아빠는 아는 글자도 얼마 없어서 가끔 요리책이나 아동 교육서 같은 엉뚱한 책을 사 오기도 했다. 내가 웃으면서 가볍게 나무라면 아빠는 어깨를 으쓱이며 말했다.

"어떠냐! 일단 봐 두면 언젠가 쓸모 있는 날도 오겠지, 뭐."

그러나 아빠 외에는 아무도 내게 미래가 있을 것이라고 믿지 않았다.

5

나는 신문에 간간히 짧은 글을 보내기 시작했다. 가끔은 운 좋게 글이 실려서 푼돈이지만 고료도 받았다. 말 그대로 푼돈이 었지만 아빠는 입이 귀에 걸려서 온 동네를 다니며 자랑했다.

"우리 코알라가 번 돈은 아주 유식한 돈이야. 어때, 대단하지 않아?"

괜히 민망해진 내가 아빠를 타박하면 아빠는 오히려 큰소리를 쳤다.

"훔친 것도, 뺏은 것도 아니고 정정당당하게 번 돈인데 자랑하면 어떠냐? 이야, 우리 딸이 나를 부양할 날도 이제 멀지 않았구나!"

아빠의 너스레에 나도 모르게 웃음이 새어 나왔다.

"알았어, 아빠. 어렸을 때부터 맨날 들어서 귀에 못이 박혔다고요!"

"암, 못이 박혀야지. 네가 나한테 진 빚이 얼마인 줄 아냐? 그러니까 모른 척할 생각은 꿈에도 말아라!"

그렇게 대화하던 중에 나는 조간에 내 글이 실렸는데 신문어 있을지 모르겠다는 말을 무심결에 흘렸다. 그 전에도 신문에 글이 실렸지만 신문사에서 신문을 보내 주지 않은 적이 있었기 때문이다.

그날, 아빠는 평소처럼 일을 마치고 집에 오자마자 만두 두 개로 요기를 한 뒤 또 집을 나섰다. 그리고 한 시간 후, 전화벨이 울렸다. 엄마가 전화를 받았다. 징춘텐 씨의 집이 맞느냐고 했다. 그렇다고 하자 상대방이 몇 마디를 더 했고, 엄마는 사시나무 떨듯 떨었다. 이상한 기운을 느낀 오빠가 빼앗듯 전화를 넘겨 받았고, 오빠 역시 상대의 말을 듣자마자 얼굴이 백짓장처럼 하얗게 질렸다. 아빠가 사고를 당한 것이다.

아빠는 나를 위해 조간신문을 찾으려고 여기저기 신문 가판대를 뒤지고 다녔다. 그러다 마침내 내 글이 실린 신문을 찾았는데, 막 값을 지불하려는 찰나 술주정뱅이가 나타나 신문을 빼앗으려 했다. 손에 들고 있던 돼지고기 두 덩이를 그 신문으로 싸야겠다는게 그 이유였다. 물론 아빠는 호락호락 신문을 넘겨주지 않았고, 두 사람은 다투기 시작했다. 그러다 술주정뱅이가 품에서 칼을 꺼내어 아빠를 찌른 것이다.

아빠는 곧장 병원으로 옮겨졌지만 삼일 밤낮을 꼬박 혼수상태에 빠져 있었다. 의사는 우리에게 마음의 준비를 하라고 몇 번이나 말했다. 칼이 간을 손상시켰다는 것이다. 그러나 마지막 날, 아빠는 홀연히 정신을 차렸고 많은 말을 했다. 내가 어렸을 때의 이야기와 나중에 꼭 아빠를 돌봐줘야 한다는 이야기를 했다. 하지만 아빠는 나에게 약속을 지킬 기회도 주지 않고, 홀로 그렇게 가 버렸다.

병원 복도에 홀로 멍하니 있는데 언제 왔는지 외삼촌과 외숙모가 앞에 와서 섰다. 어느새 병실에서 나온 엄마가 시커먼 얼굴로 그들을 붙들면서 쥐어짜듯 말했다.

"이제 와서 뭘 어쩐다고, 비웃으러 온 게냐?"

외삼촌이 괴로운 얼굴로 말했다.

"누나, 코알라는 이제 저희가 데려갈게요⋯⋯."

아빠가 돌아가신 그날, 나는 처음으로 나에 관한 진실을 들었다. 아빠는 내 친아빠가 아니었다. 정확히 말하면 고모부였다. 그리고 내가 외삼촌과 외숙모로 알았던 사람들이 사실은 내 친부모였다.

나를 낳았을 때 외삼촌 내외는 베이징에서의 생활이 자리를 잡지 못한 터라 어쩔 수 없이 생후 3개월 된 나를 누나에게 맡겼다. 나를 보자마자 사랑에 빠진 아빠는 내게 코알라라는 이름을 지어주고 '우리 공주님'이라 부르며 지극정성으로 키웠다. 나중에 내가 병에 걸린 것을 알게 되었을 때도 친부모는 나를 데려갈 엄두도 내지 못했지만 아빠는 이렇게 말했다고 한다.

"원래부터 우리 코알라를 내줄 생각은 없었어. 우리 코알라처

럼 착하고 예쁜 아이를 자네들에게 맡기자니 내가 마음이 놓이지
않아."

사실을 알고 나니 눈물이 더 났다. 친딸도 아닌 나를 22년 동
안 길러 주고는 내가 차려주는 밥 한 번, 내가 사 준 옷 한 번 받
지 못하고 심지어 내가 사 온 호떡도 맛보지 못하고 그렇게 떠
나신 아빠가 너무도 안타까웠기 때문이다.

"너를 내보내고 아버지가 나한테 그러셨어. 이제부터 코알라
는 네가 돌보라고. 절대 외삼촌에게로 보내지 말고 여기 있게
하라고 하시더라……."

오빠의 말이 귓가를 아프게 울렸다.

나는 아빠의 관 앞에 쓰러지듯 엎드려서 큰소리로 울었다.

"아빠, 나한테 받을 빚이 얼마나 많은데 그냥 그렇게 갔어? 나
한테 못 받으면 손해가 막심하다고 그랬잖아. 늙어 죽을 때까지
돌봐달라고 해놓고 이렇게 가 버리면 어떡해, 아빠!"

망자를 위해 태우는 노란 종이돈이 나비처럼 하늘로 나풀나
풀 날아갔다. 어디선가 아빠의 목소리가 들려왔다.

'코알라야, 잘살아야 한다. 그게 아빠한테는 최고의 보답이
야……."

우리의 발걸음을 잡는 것은 빌린 돈이 아니라 받은 정이다.
부모님이 길러주신 정은 태산과 같아서
우리의 마음에 더욱 깊게 남는다.
오늘 할 수 있는 일을 내일로 미뤄서
후회와 미련을 남기지 말고,
지금 당장 사랑의 마음을 전하자.

무무木木

너와 부딪친 순간
행복이 시작되었다

펑웨이샹風爲裳

예술가와 부딪치다

자신이 원하지 않는 일이 생긴다고 해도 무조건 세상을 원망할 수는 없다는 것쯤은 이셴도 잘 알았다. 그래서 웬만하면 쓸데없는 일이나 분쟁에 휘말리지 않도록 자신이 먼저 주의해야 한다는 것도. 하지만 아침 조깅을 나선 길에 이런 '교통사고'를 만나게 될 줄이야, 누가 알았겠는가!

이날 아침도 이셴은 평소처럼 운동장의 트랙을 뛰며 강의 시간에 들었던 철학적 문제, 예를 들어 존재의 심오함과 허무함에 대해 깊이 고찰했다.

그 순간 갑자기 '꽈당' 하고 무언가와 정면으로 부딪치고 말았다. 순간 눈앞이 캄캄해지면서 별이 반짝이고 코끝이 시큰거리더니, 끈적끈적한 액체가 머리부터 시작해서 가슴팍까지 흘러내렸다! 꼭 머리가 깨져서 피가 나는 것 같았다.

이셴은 저도 모르게 무릎을 꿇고 고통스럽게 외쳤다.

"빨리……, 빨리 구급차를 불러 줘!"

3분 정도, 온 세상이 조용해졌다. 그러더니 갑자기 깔깔대는 소리가 적막을 찢었다. 듣기에 따라서는 은쟁반에 옥구슬이 굴러가는 소리라고 할 수도 있겠지만 지금 이셴에게는 그야말로 마녀의 웃음소리였다.

가까스로 눈을 떠 보자 커다란 운동화와 운동 조끼 차림에 안경을 쓴 여학생이 배를 잡고 숨 넘어갈 듯 웃고 있었다. 바닥에는 하늘색 액체가 반쯤 담긴 작은 깡통과 여러 색깔의 포스터칼라가 보였다. 이셴은 자신의 몸을 살폈다. 붉은색이 아닌, 하늘색 액체가 범벅이었다. 그나마 피가 아닌 것이 다행이었다.

"웃긴 뭘 웃어! 난 피를 보면 기절한다고!"

안경 낀 여학생은 잠깐, 아주 잠깐 웃음을 멈췄다가 다시 폭발하듯 웃어제쳤다.

"덩치는 산만한 남자가 피를 보면 기절한다니! 그래서 그렇게 구급차를 찾았구나? 아휴, 너 진짜 웃긴다!"

이셴은 화도 나고 머쓱하기도 해서 얼른 자리에서 일어나 손을 털었다. 그때, 멀지 않은 곳에 수레국화와 해바라기 그림이 가득 그려진 하얀 담장이 눈에 들어왔다. 꽃그림 곁에는 활짝 웃는 아이도 그려져 있었다.

"네가 그린 거야?"

이센이 막 묻는데 저 멀리서 학생 몇몇이 이쪽을 향해 걸어왔다.

"쉿!"

안경 낀 여학생은 웃음기 가신 얼굴로 깡통과 물감을 챙기더니 이센의 손을 잡고 냅다 달렸다.

숨이 턱 끝까지 차오를 무렵, 두 사람은 한적한 곳의 커다란 나무 밑에 멈춰 섰다.

이센은 그제야 안경 낀 여학생이 몰래 벽화를 그리고 있었다는 것을 알았다. 당연히 교칙에 어긋나는 일이었다. 그가 짓궂게 웃으며 말했다.

"이 일을 어떻게 해결하실 겁니까, 아가씨? 의견을 내보시죠!"

안경 낀 여학생은 당황한 기색 없이 호탕하게 대꾸했다.

"개인적으로 해결하시죠. 내가 밥 살게. 피를 보면 기절하신다는 영웅님의 놀란 가슴도 진정시켜 드릴 겸!"

"이게 그렇게 간단히 해결할 문제인가?"

그러자 안경 낀 여학생이 눈을 흘겼다.

"이보세요, 이센 학생! 본인을 대단한 인물로 착각하고 있는 건 아니겠지? 적당히 합의해 주지 않으면 내가 교내 알림판에 대자보를 붙이겠어. 제목은 '농구 영웅 이센이 피를 보고 기절한 사건의 전말'로 할까?"

"알았어, 알았다고. 예술가 아가씨, 아주 대단한 행위예술을 하고 계시는데 제가 훼방을 놨군요. 그래, 내가 잘못했다고 치자!"

"뭐, 본인이 정 그렇게 생각한다면 그래야지."

"그나저나 내 이름은 어떻게 안 거야?"

"농구장의 농구 골대를 부순 사람이 너잖아? 본인이 생각보다 유명하다는 걸 몰랐구나?"

안경을 쓴 여학생의 이름은 리원둬였다. 그녀와 부딪친 이후, 이셴은 줄곧 얼떨떨한 기분이었다. 분명히 나쁜 짓을 한 쪽은 그녀고 그에게 부딪친 쪽도 그녀였으니 사과를 해야 할 사람도 그녀였다. 하지만 결과적으로는 오히려 그가 그녀에게 사과를 하고 나중에는 기쁘게 밥값까지 지불하고 말았다!

밥을 다 먹은 후, 리원둬는 호쾌하게 이셴의 어깨를 두드렸다.

"내가 밥 한 끼 빚졌네. 장부에 달아 놔!"

"옷도 물어 줘야 해. 이거 리닝(李寧:중국 스포츠웨어 브랜드-역주)이란 말이야. 용돈 모아서 어렵게 산 거라고."

리원둬는 손가락으로 오케이 사인을 보이며 말했다.

"알았어, 이 누나가 첫 수입만 올리면 아디다스로 멋지게 한 벌 뽑아 줄게!"

이셴은 저도 모르게 헤벌쭉 웃었다.

"아니 뭐, 국산이면 돼, 국산."

그날 밤, 자리에 누운 이셴은 그제야 생각했다.

"첫 수입이라고? 그럼 대체 언제까지 보자는 말이지?"

재봉사라고 훌륭한 요리사가 될 수 없는 것은 아니야

리원둬는 보기 드물게 확고한 꿈을 가진 아가씨였다. 그녀는 캠퍼스 안의 하얀 벽들을 도저히 그냥 두고 볼 수 없다고 했다. 예술학도의 심미안을 해친다나? 그녀의 말에 이셴은 눈을 동그랗게 떴다.

"설마 학교의 모든 벽을 꽃그림으로 덮겠다는 건 아니겠지?"

리원둬는 질세라 눈을 더 크게 치떴다.

"하여간 공대생은 감각이 없어요. 내가 그린 건 꽃이 아니야!"

이셴은 고개를 갸웃거렸다.

"아, 그래?"

"내가 그리는 건 바다 속 세계야. 외계인과 초자연적인 존재도 그려. 아, 꽃사슴이나 다람쥐 같은 것도……."

"세상에, 캠퍼스를 유치원으로 만들 셈이야?"

"바보! 너랑 얘기하다 보면 있던 영감도 사라진다!"

이셴은 자리에서 일어나 엉덩이를 털었다.

"아무래도 너 같은 위험 인물과는 거리를 좀 둬야겠어. 네가 혹시라도 경찰에게 붙잡혀 가면 면회는 가 줄게."

리원둬가 키득거리며 말했다.

"그래, 고맙다. 남자답네. 그럼 네 꿈은 뭔데?"

이셴은 어려서부터 과학자가 되고 싶었다. 그러나 자라면서 자신이 얼마나 평범한 사람인지를 깨달은 뒤로는 꿈은 꿈일 뿐이라며 포기한 지 오래였다. 자신 같은 사람은 아마 어딜 가도 볼 수 있는 그런 존재일 것이라고 말하는 동안, 이셴은 저도 모르게 기분이 우울해졌다.

리원둬는 잠시 무언가를 생각하다가 입을 열었다.

"재봉사가 된다고 해서 좋은 요리사가 될 수 없는 건 아니야. 인생은 꿈이 있다는 것 자체만으로 빛나는 거라고."

이셴은 장난치듯 말했다.

"그래서 넌 되고 싶은 게 재봉사야, 요리사야?"

리원둬는 까만 안경테를 밀어 올리며 엄숙하게 말했다.

"좋은 남자를 만나서 예쁜 아이들을 낳으면 재봉사도 되고, 요리사도 되는 거지!"

따스한 햇살이 이셴과 리원둬의 얼굴을 간질였다. 그 순간, 이셴의 눈에는 이 아가씨가 하늘에서 보낸 천사처럼 보였다. 그래서 저도 모르게 말해 버렸다.

"나, 너 좋아하나 봐."

이셴은 리원둬가 예의상 조금이라도 얼굴을 붉히거나 부끄럽다는 듯 고개를 숙이기를 기대했다. 하지만 그녀는 그의 예상과 달리 호쾌하게 웃으며 말했다.

"나도 알아. 나도 나를 무지 좋아하거든!"

이셴은 입을 벌린 채 아무 말도 하지 못했다.

리원뒈가 처음으로 따훼이의 이름을 꺼냈을 때, 그녀는 눈을 가늘게 뜨고 꿈꾸듯 말했다.

"그를 처음 봤을 때 온몸이 번개를 맞은 것처럼 찌릿했어. 너도 그런 느낌 가져 본 적이 있어?"

이셴은 고개를 저었다. 그보다는 그녀에게 좋아하는 남자가 있었다는 사실이 훨씬 더 중요했다. 하지만 이셴의 마음을 알 리 없는 그녀는 혼잣말처럼 중얼거렸다.

"따훼이에 비하면 너희 공대생들은 그야말로 허수아비야. 그의 그림은 뭐랄까……. 그야말로 신의 솜씨 같아! 모든 선이 상상을 초월한다니까."

"그래서?"

"그래서라니?"

"그래서 너희 둘이 어찌 됐는데?"

리원뒈의 눈빛이 착 가라앉았다. 그녀는 자리에서 일어나며 말했다.

"햇빛도 충분히 쐬었으니 돌아가자. 맞다, 우리 오늘 기숙사 식당에서 밥 해 먹을래? 네가 채소 손질하면 내가 닭 손질할게!"

두 사람은 잠시 말없이 서로를 바라보다가 웃음을 터뜨렸다.

리원뒈가 만든 닭요리는 정말로 맛있었다. 이셴은 따훼이도 그녀의 요리를 먹어 봤는지 궁금했다. 만약 먹어 봤다면 그는 분명히 리원뒈를 사랑하게 됐으리라. 여기까지 생각이 미치자

가슴 한구석이 저리듯 아파왔다.

직접 만든 명품

이셴은 총학생회 임원회의에서 따훼이를 처음 보았다. 가죽 점퍼에 가죽 바지를 입고 부츠를 신은 것까지는 그렇다 치겠는데, 옷 위에 하얀 선으로 온통 기괴한 무늬를 그려 놓은 것만큼은 도저히 봐 줄 수가 없었다. 거기에 머리띠로 넘긴 장발까지! 확실히 어디다 데려다 놓아도 눈에 띌 만한 인물이었다. 물론 이셴의 눈에는 그의 모습이 매우 작위적이고 지저분하게 보였지만.

그날 회의에서 중점적으로 다뤄진 문제는 교내의 무단 벽화에 관한 것이었다. 학교 측에서는 학생회가 자발적으로 '범인'을 색출해서 캠퍼스를 대학다운 분위기로 유지해 주기를 바란다며 열변을 토했다. 이셴은 그 말을 하는 직원의 뚱뚱하고 기름기 흐르는 얼굴을 바라보며 속으로 리원둬에게 미리 경고해 놔야겠다고 생각했다.

회의실에서 나오는 길에 이셴은 확인 차 따훼이에게 물었다.

"혹시 리원둬와 아는 사이야?"

따훼이가 그를 힐끗 쳐다보며 되물었다.

"그건 왜 묻지?"

이셴은 아무 것도 아니라는 듯 어깨를 으쓱이고는 몸을 돌려

걸어갔다.

그날 밤, 그는 우연히 리윈둬와 따훼이가 강의실 복도에서 말다툼하는 모습을 목격했다. 팔이 긴 탓인지 따훼이가 손을 휘두르는 것만으로 위협적인 분위기가 됐고, 그때마다 이셴은 혹시나 리윈둬가 맞는 줄 알고 몇 번이나 뛰쳐나갈 뻔했다.

하지만 그 후에도 무단 벽화는 계속됐다. 화가 머리끝까지 치솟은 학장은 범인이 잡히면 경찰에 신고하고 현행범으로 처리하겠다는 경고문을 발표했다. 리윈둬가 걱정이 된 이셴은 매일 새벽같이 일어나서 조심스레 그녀를 지켜봤다. 하지만 꼬리가 길면 잡히는 법, 결국 리윈둬는 따훼이를 위시한 학생들에게 현행범으로 잡히고 말았다.

이 사건으로 그녀는 학교에서 징계를 받았다. 들리는 소문에 의하면 그녀를 검거하는 데 일등공신 역할을 한 따훼이는 많은 가산점을 받았다고 했다.

얼마 후에 만난 리윈둬는 예전과 달리 꽤 풀이 죽어 있었다. 이셴은 그녀의 기운을 북돋아 주고 싶은 마음에 일부러 우스갯소리를 해댔다. 자신이 들어도 별로 재미는 없었지만 노력이 가상했는지 그녀 역시 웃는 얼굴을 보여 주었다. 그러나 이셴이 입을 다물면 예전과 달리 묵직한 침묵이 두 사람 사이를 가득 채웠다. 잠시 후, 리윈둬가 갑자기 이셴을 끌어안으며 말했다.

"나, 가슴이 너무너무 아파. 너무 아파서 숨도 못 쉬겠어."

이센은 차마 그녀를 마주 안지도 못하고 엉거주춤 서 있었다. 상처받은 그녀를 보니 자신의 마음도 아팠지만 그 아픔 속에는 아주 희미한 행복감도 녹아 있었다. 어쩌면 이번 일로 그녀가 따 훼이에게 완전히 정이 떨어질지도 모른다는 기대가 생겼기 때문이다.

그러나 그녀가 계속 속상한 채로 있는 것은 싫었기에 이센은 일부러 밝은 목소리로 말했다.

"나한테 빚진 밥 한 끼는 언제 갚을 거야?"

리원둬는 눈을 동그랗게 떴다.

"사람이 힘들 때 꼭 그런 말을 해야겠어? 너, 인정도 없냐?"

"됐고, 피자나 먹으러 가자."

"게다가 비싼 걸 사 달래! 넌 진짜 인간도 아니다!"

리원둬의 목소리가 한층 높아졌다.

"그게 싫으면…, 그때 했던 닭요리를 해 주던가?"

이센이 능청스럽게 대꾸했다. 황당하다는 듯 그를 바라보던 그녀의 얼굴에 웃음이 번졌다. 이윽고 밝고 명랑한 웃음소리가 바람에 실려 흩어졌다.

리원둬는 이센이 입은 하얀 티셔츠를 보고 말했다.

"그러고 보니 내가 너한테 옷 한 벌도 빚졌잖아? 내가 오늘 명품으로 쏜다!"

생각지도 않은 전개에 이센은 당황하고 말았다. 밥 사 달라는 말도 그녀가 다시 기운을 찾기를 바라서 한 것이지, 진짜로 무언가를 받아 내려는 의도는 전혀 없었기 때문이다.

하지만 그녀는 그가 말릴 새도 없이 기숙사로 달려갔다. 지갑이라도 가지러 간 것인가 싶어 안절부절못하고 있는데, 잠시 후 나타난 그녀의 손에는 지갑 대신 형형색색의 포스터칼라가 들려 있었다.

그녀가 방긋 웃으며 말했다.

"말도 하지 말고, 움직이지도 마! 내 작품을 망쳤다가는 죽여 버릴 테니까!"

운동장 한쪽 구석에서 리원둬는 이셴의 티셔츠 위에 정성스레 아디다스의 로고를 그렸다. 그것도 모자랐는지 양말에는 나이키의 로고를, 불행히 그녀의 붓질을 피하지 못한 운동화에도 온통 루이비통 무늬를 그렸다.

자신의 온몸을 덮은 명품 로고를 보며 이셴은 울어야 할지 웃어야 할지 고민했다. 게다가 그리기는 또 왜 그리 진짜처럼 그려 놨는지! 새삼 그녀의 솜씨에 감탄하며 그가 물었다.

"평소에도 이런 식으로 직접 명품을 만들어?"

리원둬가 장난스럽게 말했다.

"실제로 못 입는다고 해서 상상한 걸 현실로 옮기지 말란 법도 없잖아? 어때? 똑같지?"

아이처럼 웃는 그녀의 콧잔등에 땀방울이 송골송골 맺혀 있었다. 이셴은 저도 모르게 생각했다.

'나처럼 판에 박은 모범생이 어쩌다 이 아이처럼 제멋대로인 여자애를 좋아하게 됐을까!'

그녀와 헤어지고 난 뒤, 이셴은 남의 눈에 띌새라 조심스레 기숙사로 들어갔다. 다행히 기숙사 동기들은 전부 새롭게 터진 연예인 스캔들에 관한 이야기로 열을 올리고 있어서 아무도 그에게 신경을 쓰지 않았다. 이셴은 어둠 속에 누워서 자신의 옷에 닿은 리원둬의 손길을 떠올리며 조용히 미소를 지었다. 어쩌면 사랑의 감정이란 번개에 맞는 것이 아니라 사탕처럼 조금씩

달콤하게 녹아드는 느낌일지도 모른다고, 그는 생각했다.

너와 부딪친 순간 행복이 시작되었다

그녀가 새벽 댓바람에 기숙사 방까지 찾아왔을 때, 그는 아직
도 잠에 취한 상태였다. 그런 그에게 그녀는 화가 나서 부들부
들 떨리는 목소리로 단언했다.

"이제부터 넌 내 친구가 아냐."

그 말 한 마디에 이셴은 정신이 번쩍 들었다.

"뜬금없이 왜 그래? 네가 빈 라덴도 아니고, 갑자기 무슨 절교

테러야?"

"누가 너보고 따훼이를 때리랬어?"

그제야 상황을 파악한 이셴은 아무 말 없이 도로 자리에 누워 눈을 감았다. 겉으로는 쿨한 척하지만 속은 누구보다도 더러웠던 그 자식을 어떻게 참으라는 말인가? 게다가 겉멋만 든 그 바람둥이는 매일같이 이 여자 저 여자를 번갈아 가며 희롱하고 있었다. 그 사실을 알고 나니, 우연히 마주친 그 자식의 얼굴에 주먹을 날리지 않고는 도저히 참을 수 없었던 것이다.

그러나 지금 리원뒤는 오히려 이셴을 질책하고 있었다. 절교하겠다는 말도 서슴지 않았다. 그녀가 아직도 그 개자식을 좋아하고 있다는 것이 분명해지는 순간이었다.

그날 이후 그녀는 정말로 이셴을 찾지 않았고, 그도 그녀를 찾아가지 않았다. 물론 그렇다고 해서 눈이 동그란 그 안경 낀 여학생이 보고 싶지 않은 것은 아니었다. 그래서 그는 몇 번이나 그녀의 기숙사 근처 나무 뒤에 숨어 길을 오가는 사람들을 지켜봤다. 하지만 그가 눈을 깜박하는 사이에 순식간에 지나가기라도 하는지, 그녀의 모습은 도통 찾을 수가 없었다.

기숙사 동기들은 이셴이 실연을 당했다며 놀렸다. 하지만 그는 여전히 그녀를 생각했다. 그녀가 그려 준 로고가 사라질까 봐 더러워진 양말을 차마 빨지 못할 정도로 말이다.

어느 날, 이셴은 깨끗한 옷을 입고 리원뒤의 기숙사를 찾아갔다. 잠시 후, 화구를 메고 내려온 그녀가 그를 힐끗 보더니 무뚝뚝하게 물었다.

"무슨 일이야?"

"책임져."

"책임지라니, 뭘?"

이셴은 깨끗한 티셔츠와 양말, 신발을 가리키며 말했다.

"네가 준 명품들, 한번 빠니까 다 사라지더라. 그러니까 다시 만들어 줘."

그녀는 잠시 멍하게 그를 바라보다 갑자기 배를 잡고 웃기 시작했다.

"난 또 뭐라고, 그래서 그렇게 심각한 얼굴로 찾아온 거야?"

이셴은 그녀를 학교 밖으로 데리고 갔다. 그들이 도착한 곳은 사방이 하얀 벽으로 둘러싸인 정원이었다. 여러 색의 포스터칼라와 붓도 준비되어 있었다. 리원뒤가 눈으로 무슨 일인지 묻자 그가 소매를 걷으며 대답했다.

"내가 조수 역할을 할게. 이 벽을 모두 예쁘게 꾸며 줘."

그곳은 유치원에 딸린 정원이었다. 그날, 리원뒤는 유치원 아이들의 전폭적인 지지를 받으며 하얀 벽을 알록달록한 그림으로 아름답게 꾸몄다. 작업하는 내내, 그녀의 얼굴은 붉은 홍조를 띠고 밝게 빛났다.

돌아오는 길에 이셴은 커다란 브로콜리를 사서 그녀에게 내밀었다.

"이게 뭐야?"

"가장 상상력이 뛰어난 아가씨에게 주는 상이야."

리원둬는 발개진 얼굴로 그의 이마를 톡 때렸다.

"어이, 공대생! 너도 상상력이 많이 늘었다?"

"근묵자흑近墨者黑이라는 말, 모르냐?"

리원둬가 이셴의 기숙사에 나타나자 동기들은 모두 박수를 치며 환영했다. 심지어 자기 옷에도 명품 로고를 그려 달라고 부탁하기도 했다.

두 사람은 손을 잡고 캠퍼스를 거닐었다. 그러다 그녀가 물었다.

"언제부터 나를 좋아했어?"

이셴은 솔직히 고백했다.

"너와 부딪쳤던 그 순간부터."

리원둬가 눈을 흘겼다.

"혹시 그 전부터 날 좋아해서 몰래 따라다니다가 일부러 부딪친 거 아냐?"

이셴은 큰소리로 웃었다.

"그래, 네가 좋다면 그랬다고 치자!"

따뜻한 햇살이 한가득 쏟아져 내렸다. 그녀는 눈을 가늘게 뜨며 행복한 듯 중얼거렸다.

"아마 사랑은 이 햇살처럼 따뜻한 빛인 것 같아. 누군가를 우

상처럼 우러러보는 사랑은 자극적이긴 하지만 늘 상처만 주더라. 하지만 진짜 사랑은 두 사람 모두의 마음을 이렇게 따뜻하게 감싸 주는구나……."

그녀의 말은 두서가 없었지만 이셴은 마음으로 들었다. 그리고 사랑이야말로 다른 모든 것에 비교할 수 없는 최소의 가치임을 마침내 깨달았다.

사랑은 언제나 옳다. 더구나 젊은 시절이라면

누구나 마음껏 사랑할 권리가 있다.

사랑 앞에서는 마음을 숨기지 말고, 따지지도 재지도 말고

솔직한 자신의 감정을 인정하고 드러내자.

무무木木

사랑을 놓치다

펑반뤄(馮般若)

바꿀 수 없는 과거

여태껏 내가 살면서 무도회장에 가본 것은 딱 한 번, 청즈가 시안西安에 웨딩 촬영을 하러 온 바로 그날뿐이다.

그동안 나는 줄곧 보수적이고 얌전한 요조숙녀의 탈을 벗은 적이 없었다. 물론 속내는 남 못지않게 자유분방했지만 청즈의 표현에 따르면 '도둑질할 마음은 있어도 배짱은 없는 것'이 바로 나였기에 감히 일탈할 엄두도 내지 못한 것이다.

청즈를 처음 만났을 때 나는 아직 풋풋한 새내기였고, 한창 로맨스 소설에 빠져 있었다. 당시 나에게 로맨스 소설이란 남녀 관계의 교과서와 같았다. 내가 하얀 플레어스커트를 입고 긴 생머리를 휘날리며 늘 수줍은 표정을 짓고 다녔던 것도 모두 소설의 영향이었다. 그때 나는 스스로를 청순하다고 생각했지만 사실 모두 위선에 불과했다. 그러다 남몰래 좋아했던 남자가 나의 마음을 알고도 오히려 내게 상처를 준 일이 터졌다. 그 일로 깊은 충격을 받은 나는 여름방학만이라도 시안을 떠나 있기로 했다. 낯선 곳으로의 여행을 통해 나에게 상처를 준 나쁜 놈도 잊고, 아직까지 남아 있던 소녀적인 감수성도 충족할 수 있기를 바랐기 때문이다.

처음에는 기대에 부풀어서 리장麗江, 티베트 같은 이색적인 곳이나 사막, 초원 등을 꿈꿨다. 하지만 여러 가지 현실적인 이유로 결국 칭하이青海의 시닝西寧을 최종 여행지로 낙점했다. 청즈의 말대로, 나는 도둑질할 마음은 있어도 배짱이 없었던 것이다. 그러니 꿈이 아무리 원대한들 유약하고 소심한 성격 탓에 행동으로 옮기지 못하는 경우가 대부분이었다. 어쨌든 시닝에는 나를 딸처럼 생각하는 삼촌도 있었기에 훨씬 편하고 안전한 여행이 될 것 같았다. 게다가 마음 편하게 몇 달을 지내다 보면 나쁜 놈을 잊겠다던 소기의 목적을 자연스레 달성할 수 있을 터였다.

2006년 7월, 나는 마침내 시닝의 기차역에 도착했다. 최고의 여름 휴가지라는 명성에 걸맞게 역 안은 수많은 여행객으로 붐볐다. 기차에서 내리자마자 삼촌이 전화를 해서 나를 마중할 사람이 4번 출구에서 기다리고 있으니 지나치지 말고 꼭 만나야 한다고 당부했다. 출구에 도착한 나는 가방 손잡이를 꼭 잡고 수많은 인파를 이리저리 둘러보았다. 그때, 군복을 입고 등을 꼿꼿이 세운 한 청년과 눈이 마주쳤다. 그는 나를 보더니 환하게 웃으며 망설임 없이 내게 다가왔다. 마치 몇 년 동안이나 알아온 친구를 만났다는 듯, 거침없고 확신에 찬 걸음이었다.

"네가 위위지? 난 청즈라고 해."

청즈라면 삼촌에게 많이 들어본 이름이었다. 나도 마주 웃으며 말했다.

"안녕!"

그 역시 인사를 하며 내게 말했다.

"방금 사진을 보고 왔어. 다행히 사진하고 똑같네!"

사진하고 똑같다는 말을 듣는 순간, 나는 이 자세 곧은 젊은 청년에게 단박에 호감을 느꼈다.

호감은 여름방학이 끝날 때까지 계속 됐다. 그러나 방학이 끝나고 학교로 돌아오자 모든 것이 예전으로 돌아갔다.

2009년 7월, 나는 시안에서 직장 생활을 시작했다. 하지만 하루하루가 똑같이 지루했다. 나는 회사와 집을 오가는 반복적인 생활 속에 조금씩 지쳐갔다. 평범하고 단조로운 삶에 젊음의 생기마저 빼앗기는 기분이었다.

그런데 바로 그때 청즈에게 전화가 온 것이다.

"위위! 나 시안에 왔어. 얼른 나와! 얼굴이라도 보자."

나는 정신없이 나갈 준비를 서둘렀다. 옷장에서 옷을 죄다 꺼내 침대 위에 펼쳐 놓으니 마치 형형색색의 꽃밭처럼 보였다. 그러나 그중에서도 입을 만한 옷은 없었다. 도대체 무슨 옷을 입고 나가야 아름다우면서도 도도하게 보일 수 있을까? 나는 긴장감에 안절부절못했다.

룸메이트인 훼이가 곁에서 눈살을 찌푸리며 나무라듯 말했다.

"청위, 좀 진정해라. 누가 보면 전쟁에 나가는 사람인 줄 알겠어!'

맞다. 이것은 전쟁이었다. 나는 나의 가장 큰 적을 만나러 가는 길이었다. 하지만 훼이가 그것을 어찌 알겠는가? 나도 모르게 옷을 쥔 손에 힘이 들어갔다. 긴 손톱이 손바닥을 아프게 파고들었다.

결국 나는 짙은 풀색의 풀오버 스웨터와 회색 스커트를 입고 희고 검은 도트 무늬가 들어간 스카프를 두른 뒤, 포인트로 기다란 목걸이를 가슴까지 차랑차랑하게 늘어뜨렸다. 사실 이것도 마음에 꼭 드는 차림은 아니었지만 약속 시간까지 얼마 남지 않은 탓에 더 이상 옷을 고를 여유가 없었다. 게다가 아직 화장도 못했다! 나는 훼이에게 도움을 청했다.

"자기야, 나 화장 좀 해줘."

그러나 결과적으로 나는 기본 메이크업만 한 채 민낯이나 다름없는 얼굴로 나가게 됐다. 평소와 다른 내 행동이 마음에 들지 않았던 훼이가 협조를 거부했기 때문이다. 평상시에 화장을 잘 하지 않았던 것이 못내 후회가 됐지만 이제 와서 어쩌겠는가.

3년 만에 첫 만남이었다. 3년 만에 만난 청즈는 시안 중심가의 화려한 웨딩 촬영 스튜디오에서 신부의 허리를 끌어안고 포즈를 취하며 행복한 미소를 짓고 있었다. 그는 나를 보자 촬영 기사의 부름에 정신없이 답하면서도 따뜻한 인사를 건네는 것을 잊지 않았다.

"위위! 정말 오랜만이다. 이젠 다 컸네?"

당연하다. 그 오랜 세월 동안 조금도 변하지 않았다면 그게 더 이상하지 않겠는가. 2006년의 나는 열아홉이었고, 무참히 깨진 첫사랑 때문에 여름 내내 우울함에 빠져 있었다. 하지만 지금, 스물두 살의 나는 가슴을 후벼 파는 아픔을 능숙하게 감추고 아무렇지도 않은 척 웃고 있다. 본심을 숨기고 맨얼굴을 드러내지 않는 것이야말로 3년이라는 세월이 내게 가르쳐 준 인생살이의 기술이었다.

나는 미소를 지으며 환하게 웃고 있는 신부를 바라보았다. 그녀는 마치 해처럼 빛났다. 다들 신부가 예쁘다고 난리였다. 그녀의 빛나는 자태에 비교하니, 정신없이 꾸미고 나온 내 모습이 오히려 초라하고 우스웠다. 나도 모르게 웃는 얼굴이 어색하게 굳어졌다.

하필 그때, 행복으로 반짝이는 그녀의 눈동자와 정면으로 눈이 마주치고 말았다.

"위위 씨죠? 청즈에게 이야기 많이 들었어요. 직접 만나니까 정말 기쁘네요!"

그렇다. 이 사람이 바로 나의 적이었다. 상상 속의 적을 이렇게 마주하게 될 줄이야! 그녀는 환하게 웃으며 다정하게 인사말을 건넸지만 우아한 말투 뒤로 번득이는 경계심이 고스란히 느껴졌다. 분명히 영리하고 예민한 여자이리라. 그런 그녀가 내가 숨기지 못한 불쾌함과 나를 볼 때마다 청즈의 눈빛에서 언뜻언뜻 드러나는 복잡한 감정을 읽지 못했을 리 없었다. 청즈는 계속 통화 중이었다. 늘 그랬듯 곧게 등을 펴고 선 모습에서는 별다른 변화가 느껴지지 않았다. 하지만 자세히 보면 그의 왼쪽 어깨가 미묘하게 기울어져 있음을 발견할 수 있었다. 지금 내 심정처럼, 깊은 계곡으로 잠기듯 그의 한쪽 어깨도 처져 있었다.

미소 외에 내가 할 수 있는 일은 없었다. 그래서 난 미소를 지으며 신부와 악수를 했다.

"반가워요. 축하하고요."

곁에서 촬영을 돕는 도우미가 작은 소리로 말했다.

"신부님, 아직 촬영하실 컷이 남아 있으니까 옷 갈아입으러 가야 합니다."

로비에서 그들이 촬영을 마치기를 기다리고 있는데, 같이 온 사촌동생이 부럽다는 듯 말했다.

"누나, 형수님 정말 미인이지 않아? 청즈 형은 정말로 행복하겠다!"

나는 고개를 끄덕이며 '그래, 그러네'라고 내답했다.

창밖에는 비가 소리 없이 내리고 어디선가 불어온 서늘한 바람이 로비를 스쳤다. 얇은 스웨터 한 장만을 입은 나는 오소소 소름이 돋는 것을 느끼며 목을 움츠렸다. 재채기가 나오려다가 코만 간질이고 들어가 버렸다. 그때, 사촌동생이 깜짝 놀라 말했다.

"누나! 왜 그래? 왜 울어?"

나는 그제야 내가 눈물 흘리고 있음을 알았다. 아마 재채기가 나오려다 말아서 눈물이 흐른 모양이었다. 나는 뺨을 문질러 닦고 아무렇지도 않은 듯 웃었다.

"별일 아니야. 재채기 때문이야."

아무도 없는 곳에서 혼자 늙어 가고 싶다

2006년에 겪은 실연은 사실 치명적이었다. 흔한 일처럼 단순하게 묘사하기는 했지만 실제로는 나의 새하얀 19년의 기록에 처음으로 강렬한 흔적을 남겼다. 원래 단순하고 순종적인 여자아이일수록 더욱 충동적이고 격렬하게 사랑에 빠지는 법이다. 로맨스 소설의 여주인공들도 다 그렇지 않던가.

나 역시 그랬던 것 같다. 그리고 잔옌은, 그런 사랑의 남자 주인공으로 제격이었다.

잔옌과 처음 얽히게 된 것은 기말고사 때였다. 시험이 시작되고 나서야 헐레벌떡 강의실에 들어선 그는 내 옆자리에 앉아 한참을 숨을 헐떡였다. 그리고 시험지를 뚫어져라 노려보며 머리를 감싸고 한숨만 푹푹 쉬다가, 갑자기 조그만 소리로 내게 도움을 청했다.

"어이, 동기! 답 하나만 가르쳐 줘!"

고개를 들자 그의 까만 눈동자와 눈이 마주쳤다. 그 순간 나도 모르게 숨이 멈췄다. 바로 그 잔옌이었기 때문이다. 지금에 와 생각해보면 제멋대로에, 자기도취에 빠진 남자지만 그때만 해도 그는 잘생긴 외모 덕에 모든 여학생에게 관심을 받고 있었다. 그런 그가 내게 말을 걸었다는 사실만으로도 나는 기절할 것처럼 가슴이 두근거렸다.

그는 나름대로 예의도 차릴 줄 알았다. 시험이 끝난 후 나를 따라와 이렇게 말한 것이다.

"동기! 도와준 보답으로 밥이나 살게."

'밥이나' 라니, 그의 말투는 듣기에 따라 귀찮은 일을 억지로 하는 것 같기도 했다. 그러나 그때 나는 이미 그에게 빠져 있었기에 그 점을 인지하지 못했다.

그 시절 나는 정말로 순진했다. 지금 생각하면 손발이 오그라들 정도로 순진했다. 첫 번째 데이트를 할 때는 너무 떨리고 긴장해서 물을 사고 거스름돈을 받는 것을 잊을 정도였다. 계산원이 뒤에서 부르자, 잔옌은 대신 돈을 받아 오며 예의 그 권태로운 말투로 말했다.

"청위 학생, 정신을 어디다 둔 거야?"

나는 잔뜩 움츠러든 목소리로 속삭였다.

"미안해."

그는 싱긋 웃더니 아무 말 없이 내 손에 잔돈을 쥐어 주고 길가로 나가 택시를 잡았다. 낡은 택시가 멈춰 서고 그는 앞자리에, 나는 뒷자리에 탔다. 그가 뒤를 돌아보며 물었다.

"뭐 먹고 싶어?"

뒷자리에 푹 파묻히듯 앉은 나는 그 순간 문득 그와 나 사이의 거리를 깨달았다. 넓고 편한 뒷자리를 두고 굳이 앞자리에 앉아서, 나에게 말을 걸기 위해 불편하게 몸을 돌리는 그를 보자 우리 두 사람 사이의 거리감이 냉정하게 다가온 것이다.

아무것도 모르는 기사는 선한 미소를 지으며 말했다.

"여자 친구에게 아주 친절하네!"

그는 별다른 반박도 없이 그저 재미있다는 듯 웃었다. 그는 자주 웃었는데, 자신의 미소에 말로 설명할 수 없는 사악한 매력이 있다는 점을 스스로도 잘 알고 있는 것 같았다. 게다가 그 매력을 최대한으로 활용할 줄도 알았다.

그는 친구들에게 이렇게 말했다.

"그 청위라는 애, 어딘가 좀 이상한 거 아냐? 그 나이가 되도록 연애 한 번 안 해봤다니, 그게 말이 돼? 아니, 같이 밥을 먹는데 몸을 배배 꼬면서 젓가락도 제대로 들지 않더니 새 모이만큼 먹고 배부르다고 하더라. 어찌나 내숭을 떨던지 토할 뻔했다니까."

또 이렇게도 말했다.

"날 좋아하는 게 빤히 보이는데 끝까지 아닌 척이야, 먼저 고백하면 누가 잡아 먹기라도 한데? 그렇게 빼고 재고 하는 걸 보면 내 인내심을 시험하는 게 틀림없어. 아주 짜증나."

"툭하면 얼굴이나 빨개지고, 지가 무지 순진한 줄 아나 봐. 꼭 술에 잔뜩 찌든 술주정뱅이처럼 보이는 건 모르나 보지? 역겨워!"

친한 친구가 그의 말들을 전해 줬을 때, 나는 어떤 머리 모양을 해야 잔옌이 좋아할까를 고민하고 있었다. 주말 오후, 햇살이 가득 비친 기숙사 방은 포근하고 따뜻했다. 나는 거울을 바라봤다. 불현듯 머리카락을 잘라 버리고 싶은 충동이 치밀었다. 그러면 다시는 머리 모양을 가지고 고민하지 않아도 되니까.

방은 따뜻했지만 나는 지독하게 추웠다. 너무 추워서 눈물과 콧물이 마구 흘러내렸다. 침대에 파고들어 덜덜 떨면서 품안에 베개를 으스러져라 껴안았다. 그리고 몸을 둥글게 말고 소리 죽여 울었다. 베개가 흠뻑 젖도록, 한없이 울었다.

지금에 와서 그때의 상황을 정리해 보면 이렇다. 내성적이고 조심스러운 여자아이가 한 남자아이를 좋아했다. 하지만 고백할 용기가 없어서 좋아하는 마음을 속으로 감추고, 사소한 행동으로 조금씩 그 마음을 표현했다. 예를 들어 그가 좋아하는 밀크티를 사기 위해 주변 가게를 모두 뒤진다든지 하는 것이었다.

한번은 시험 기간에 한자가 적힌 팔찌 구슬을 파는 액세서리 가게를 지나치지 못하고, 오랫동안 공들여 한 글자씩 찾아내서 그와 자신의 이름이 연결된 파란색 팔찌를 만들기도 했다. 결국 끝까지 전해 주지는 못했지만, 그 팔찌를 만들 때 여자아이는 자신이 남자아이의 맞는 짝이기를 간절히 빌었다. 나중에 친구를 통해 남자아이가 자신을 '술에 잔뜩 찌든 술주정뱅이처럼 보인다'라고 했다는 것을 알기 전까지는…….

2006년, 열아홉 살의 청위는 잘생기고 멋지지만 속은 뒤틀린 남자아이에게 가슴 아픈 실연을 당했다. 그것은 그녀가 로맨스 소설로 배운 남녀의 사랑과 너무나 달랐다. 아무리 많은 오해와 갈등이 있어도 소설 속 두 남녀는 결국 서로를 사랑하게 된다. 하지만 현실은 어떠했는가? 잔옌은 어떻게 했는가? 자신의 친구에게 청위가 역겹다고 말했다.

그의 말은 나에게 엄청난 상처를 남겼다. 진심을 다해 좋아했는데, 단지 첫사랑이라 표현에 서툴고 주저했을 뿐인데, 고작 그런 이유로 잔인한 말을 듣다니 상처 받는 것은 당연한 일이 아닌가. 나중에 청즈도 내게 이런 말을 했다.

"위위, 너는 도둑질할 마음만 있고 배짱이 없어. 자꾸 그렇게 자신을 숨기면 결국 너만 고생한다."

이 말을 할 때 그는 줄곧 웃는 얼굴이었기에 나 역시 줄곧 농담이나 놀림쯤으로 여겼다. 하지만 시간이 흐르고 먼지가 걷힌

후에야 나는 비로소 그의 말이 사실이었음을 깨달았다. 자신의 속내를 숨기고 내숭만 떨던 청위는, 결국 정말로 혼자서 고생하는 꼴이 되고 만 것이다.

2006년의 나는 일방적인 사랑을 한 끝에 처절하게 실연당하고 몇 개월을 실 끊어진 연처럼 방황했다. 갓 심겨진 사랑의 씨앗을 잎도 제대로 피워 보지 못한 채 빼앗기고, 홀로 고통을 안은 채 소리 없이 울었다. 그때 쓴 일기를 보면 온통 '아무도 없는 곳에서 혼자인 듯 늙어 가고 싶다' 는 말 뿐이다. 그것은 세상을 이미 다 알았다고 착각한 어린 여자가 생각해 낼 수 있는, 최고의 자기 위로였다.

사랑은 요구르트 같은 것

나는 그렇게 비틀비틀 시닝으로 향했다. 가기 전 삼촌에게 전화를 걸자, 흔쾌히 오라고 해주었다.

"나는 좀 바쁠 테지만 대신 청즈에게 널 부탁해 뒀으니, 걱정 말고 오거라."

그래서 기차역에도 청즈가 마중을 나온 것이었다. 4번 출구 앞에서 만난 우리는 가볍게 인사와 통성명을 하고 인파를 빠져나와 걷기 시작했다. 군복 차림의 그는 등을 곧게 세우고 자신 있는 걸음걸이로 앞서 갔는데, 주변 사람들이 돌아볼 정도로 당당하게 보였다. 그에 비해 나는 잔뜩 위축된 채 주위를 두리번거렸다. 이 낯선 곳에서 과연 구원을 찾을 수 있을까?

불안함을 느끼며 뒤를 돌아보는데 출구 위에 빨간색으로 커다랗게 쓰인 '4'가 눈에 확 들어왔다. 마치 피로 쓴 것처럼 붉었다. 숫자 4라니, 왜 하필 4일까? 구원을 찾고자 온 곳에서 죽음死을 만나게 될 것이라는 불길한 암시라도 되는 것일까?

시닝에 머무는 한 달 동안 청즈는 줄곧 내 상대가 되어 주었다. 삼촌은 경찰이었는데 내가 간 때가 하필 제일 바쁜 시기라 얼굴 한 번 마주치기도 쉽지 않기 때문이다. 그래도 엄하고 대쪽 같은 삼촌이 나만 보면 온화하게 풀어진다며, 청즈는 나를 위로하듯 말했다. 그의 눈에는 내가 삼촌에게 응석을 부리고 싶어 하는 어린아이처럼 보였던 것이다. 내가 계속 우울해하는 이유도 삼촌과 함께 시간을 보내지 못하기 때문이라고 짐작한 모양이다. 하긴, 겉으로 보기에는 순진하게만 보이는 여자애가 사실속은 상처로 잔뜩 곪아 있다는 사실을 그가 어떻게 알았겠는가.

내 기분을 풀어 주기 위해 그는 나를 군용차에 태우고 시내 구경에 나섰다. 하지만 시닝은 작은 도시라 몇 시간을 돌아다니자 더 이상 갈 곳이 없었다. 차와 사람들로 붐비는 거리 한편에 차를 세운 청즈는 말 그대로 우거지상을 하고 내게 물었다.

"청위 학생, 다음엔 어딜 갈까?"

단정하고 엄숙하게만 보였던 그의 얼굴이 난처하게 찌푸려진 것을 보자 나도 모르게 웃음이 나왔다. 희한하게도 한 번 웃었을 뿐인데 우울했던 마음이 조금은 나아지는 것 같았다. 청즈도 나중에는 내가 말 못할 수심으로 가득하다는 것을 눈치 채고, 열심히 나를 웃겨 주려 애썼다.

마침 시닝에서는 국제 자전거 대회가 열리고 있어서 여기저기서 도로를 통제 중이었다. 청즈는 길이 막혀 있을 때마다 정말로 화났다는 듯 중얼거렸다.

"위위가 얼마나 어렵게 시닝까지 왔는데, 어디서 감히 도로 통제를 해?"

한 길이 막히면 다른 길을 찾아야 한다. 인생도 마찬가지다. 그렇게 다른 길을 찾다보면 생각지도 못한 보물을 만나게 될지도 모른다. 청즈는 결심한 듯 차를 돌려 나를 스포츠웨어 전문점으로 데려갔다. 그리고 신중하게 옷을 골라 내밀었다.

"자, 가서 한번 입고 나와 봐."

그가 내민 것은 짙은 풀색의 트레이닝복과 같은 색의 스니커즈였다. 옷을 갈아입고 거울에 비친 나를 보자 또다시 피식 웃음이 나왔다. 온통 초록색으로 덮인 꼴이라니! 하지만 청즈는 그런 나를 위아래로 훑어 보며 만족스럽다는 듯 말했다.

"괜찮네, 괜찮아! 마냥 여리기만 한 아가씨인 줄 알았는데 이렇게 입혀 놓으니까 영웅의 기운이 흐르는걸?"

난 거울에 비친 그를 향해 눈을 치떴다. 저거, 칭찬이야 욕이야?

그가 크게 웃었다. 평소에는 엄숙하고 고지식한 군인으로 보이는 그였지만 웃을 때만큼은 눈이 초승달 모양으로 휘어져서 귀여운 인상으로 변했다. 웃기 전과 후가 전혀 다른 두 사람으로 보일 정도였다. 게다가 그는 자주 웃었다.

마음 한구석이 괜히 두근거렸다.

옷을 갈아입고 차를 세워 둔 뒤 우리가 향한 곳은 남산이었다. 풍광이 아름답기로 유명한 남산은 서닝의 명소였다. 산은 높은 편이지만 길이 험하지 않아서 산책하기 좋았다. 게다가 길 주변에는 화사한 유채꽃이 가득 피어 있고 군데군데 찻집도 많아서 풍경이 더욱 이색적이었다. 나는 이상한 나라에 떨어진 앨리스처럼 끊임없이 놀라고, 감격하고, 감탄했다.

"와! 정말 예뻐! 정말 멋있다!"

도중에 잠시 쉬기 위해 들어간 어느 찻집에서는 주인 아주머니가 차를 가져다주며 즐거워 어쩔 줄 모르는 나를 보고 웃었다.

"아가씨, 여기 처음 왔나보네? 남자친구는 종종 와서 낯이 익은데. 재미있게 놀다 가요!"

나는 갑자기 어색해져서 입을 다물었다. 게다가 하필 그때 나를 향해 장난스럽게 웃는 청즈와 눈이 마주치는 바람에 얼굴까지 빨갛게 달아올랐다. 나는 얼른 손부채를 부치며 중얼거렸다.

"산이 높긴 높나 봐, 공기가 부족한 느낌이네."

청즈가 참지 못하고 웃음을 터뜨렸다.

"그런가 보다. 안 그랬으면 네 얼굴이 빨개지는 이 귀한 장면

을 어떻게 볼 수 있었겠어?'

귀한 장면이라니! 나는 발끈하려다가 곧 멈칫했다. 예전의 나는 툭하면 얼굴을 붉혔는데, 그의 말에 따르면 이제는 좀처럼 그런 일이 없다는 뜻이었기 때문이다. 얼굴이 붉어진 나를 보고 술주정뱅이 같다고 했던 그놈의 말이 떠올라 괜히 기분이 가라앉았다.

그러고 보니 그놈을 떠올린 것이 꽤 오랜만이었다. 청즈 덕일까?

산에서 내려온 우리는 차를 타고 빠르게 내달렸다. 시닝의 명물이라는 볶음국수를 먹기 위해서였다. 양고기 꼬치와 두부피가 얹어진 볶음국수는 정말로 맛있었다! 게다가 곁들여 나오는 요구르트 한 사발을 같이 먹으면 그야말로 환상적인 조합이 됐다. 나는 후루룩 소리를 내며 국수 한 그릇을 뚝딱 해치우고 부른 배를 두드렸다. 그 모습을 지켜보던 청즈가 놀랐다는 듯 웃었다.

"너, 보기보다 무지 잘 먹는구나!"

그는 툭하면 웃었는데, 그 웃음이 보기 나쁘지는 않았다. 짙은 눈썹과 가늘게 휘어지는 눈매가 어우러져서 남자다우면서도 순진한 분위기를 풍겼기 때문이다.

나는 또다시 얼굴이 빨개졌다. 이번에는 양고기 꼬치를 굽는 화덕의 불이 너무 센 것 같다며 혼자 중얼거렸다. 하지만 청즈는 아랑곳하지 않고 짓궂게 말했다.

"웅? 얼굴이 또 빨개졌네? 여기도 공기가 부족한가?"

그럴 리가 없었다. 여기는 평지잖아!

나는 그에게 잔뜩 눈을 흘겼다. 그러자 청즈는 코를 문지르며 항복한다는 듯 웃었다.

"알았어, 알았다고. 내가 말실수 했어. 사과의 뜻으로 내일 같이 타얼사(塔爾寺:티베트 4대 사원 중 하나-역주)에 가자."

나는 금세 기분이 좋아져서 열심히 고개를 끄덕였다.

인생이라는 것이 이렇게 갑자기 좋아질 수도 있던가? 청즈와 함께 있는 나는 내숭을 떨지도, 애써 요조숙녀인 척하지도 않았다. 있는 그대로 소리를 지르고 신나게 뛰었다. 어찌나 뛰어다녔던지, 넘어질 뻔한 나를 청즈가 가까스로 잡아 주기도 했다.

"왜 이렇게 신이 났어?"

찌는 듯한 여름날, 얇은 반팔 티 하나만 입은 내 허리 위로 청즈의 단단하고 뜨거운 팔뚝이 고스란히 느껴졌다. 어김없이 얼굴이 확 달아올랐다. 청즈도 머쓱하게 팔을 뺐다. 안 그래도 분위기가 어색해지려는데, 길거리에서 흘러나오는 노래까지 어색함에 한몫했다.

'작은 눈의 아가씨가 내 곁에 앉았네/ 몰래 곁눈질해 본 그녀, 어쩜 저리 예쁜지/ 작은 눈의 아가씨가 내 곁에 앉았네/ 착하고 따뜻한 그녀, 나도 모르게 사랑해 버렸어.'

나는 어찌할 바를 모르고 허둥대며 살짝 그의 눈치를 살폈다.

그 역시 적잖이 당황한 듯했다. 하필이면 바로 그전에 그와 이런 대화를 나눴기 때문이다.

"위위, 자세히 보니 외꺼풀이네?"

"그래서 뭐, 안 될 거 있어?"

"아니 그건 아니지만. 외꺼풀이면 눈이 좀 작아 보이잖아."

"흥! 그래, 나 눈 작다. 어쩔래?"

"아이고, 아냐. 작은 눈의 아가씨! 사실 넌 외꺼풀 치고는 눈이 큰 편이니까 괜찮아."

타얼사는 매우 아름다웠다. 붉은색 승복을 입은 라마교의 젊고 나이든 승려들이 돌아다니는 모습이 마치 다른 세계에 온 것 같았다. 한편에서는 신심이 깊은 여신도들이 절을 하고 있었다. 하나의 소원을 이루기 위해 십만 번의 절을 하는데, 그러면 대략 1년쯤 걸린다고 했다. 불가사의한 장면이었다. 나는 조심스레 곁을 지나면서 무심한 듯 먼 곳을 향하는 그녀들의 눈빛과 정성스레 몸을 굽히는 모습을 바라보았다. 이 얼마나 위대하고 끈질긴 신앙인가! 열아홉 살의 나는 정전의 커다란 보리수나무 아래 서서 기묘한 감정에 휩싸였다.

그로부터 시간이 한참 흐른 뒤에 누군가에게 사랑은 결국 종교와 같다는 말을 들었다. 나는 마음 깊이 공감했다. 그렇지 않다면 어떻게 한 사람과 평생을 얽혀 살 수 있겠는가?

쑤여우화(酥油花:장족(藏族)의 유지방 조소 예술-역주) 전시관에서 나오는 길에 한 라마승이 길 한편에 쭈그리고 앉아 있는 것을 보았다. 그 모습이 매우 평화롭고 행복해 보여서 사진으로 찍어 남기려는데, 청즈가 황급히 말렸다.

"찍지 마."

내가 왜 그러냐는 듯 바라보자 그가 난처하게 웃으며 말했다.

"남이 볼일 보는 사진을 찍어서 뭐하게."

털썩.

사진기를 들고 있던 손도 떨어지고 입도 쩍 벌어졌다. 그러자 청즈가 손을 뻗어 내 턱을 가볍게 들어올렸다.

"조심해. 턱 빠지겠다."

그의 손이 내 얼굴에 닿자 조용했던 심장이 요동치기 시작했다. 나는 황급히 고개를 돌렸다. 그리고 또다시 붉어진 얼굴을 그가 제발 보지 못했기를 간절히 기도했다.

집으로 돌아오는 길, 청즈가 속도를 올려 달리고 있는데 작은 새 한 마리가 날아와 차창에 부딪쳤다. 깜짝 놀라 차를 세우고 살펴봤지만 새는 이미 숨이 끊어진 뒤였다.

"차를 그렇게 빨리 몰면 어떡해! 괜히 불쌍한 새만 죽었잖아!"

내가 화가 나서 나무라자 그는 풀죽은 목소리로 대답했다.

"하지만 고속도로에서 속도를 안 낼 수도 없잖아."

그래도 내가 화를 풀지 않자 그는 나를 달래듯 말했다.

"알았어, 속도 줄일게……. 아니면 네가 한번 운전해 볼래?

면허 있다며. 실제로 운전도 해봐야지."

하라면 못할 것도 없었다. 더구나 도로는 차 한 대 없이 한적한 상황, 나는 겁도 없이 운전석에 올랐다. 사이드브레이크를 풀고 액셀러레이터를 살살 밟으면 되는 것 아닌가! 가만, 그런데 기어는 어떻게 넣더라?

어찌어찌해서 차는 굴러가기 시작했지만 옆에 앉은 청즈가 안절부절못하는 것이 느껴졌다.

"천천히, 천천히!"

하지만 그 순간, 브레이크를 밟는다는 것이 그만 액셀러레이터를 밟는 바람에 차가 덜컹하고 튀어나갔다. 당황한 나는 운전대를 꼭 잡고 어찌할 바를 몰라 허둥대며 속수무책으로 소리만 질렀다.

"어머어머, 어떡해!"

그때 청즈가 재빨리 운전석 쪽으로 몸을 숙여 손으로 브레이크를 눌러 차를 세웠다. 다행히 차 사고는 면했지만 그가 몸을 일으키면서 그의 머리와 내 턱이 세게 부딪치는 '접촉사고'가 터졌다. 놀라기도 하고 턱도 아픈 탓에 나도 모르게 눈물이 뚝뚝 떨어졌다. 원래대로라면 화를 내야 할 청즈도 내가 우는 모습을 보더니 차마 심한 말을 하지 못했다.

"정말 큰일날 뻔했어. 아직 서툰 너에게 운전대를 맡기지 말았어야 했는데."

하지만 왠지 울음을 그칠 수가 없었다. 내가 더욱 서럽게 울자 그는 내 어깨를 토닥이며 말했다.

"괜찮아, 울지 마. 내가 잘 가르쳐 주지 못한 탓이 더 크니까, 이제 그만 울어. 자, 여기 요구르트 마시고 진정해. 운전은 나중에 제대로 가르쳐 줄게."

그가 내민 것은 내가 가장 좋아하는, 병에 담긴 옛날식 요구르트였다. 처음에 내가 그 요구르트를 좋아한다고 했을 때는 의외로 촌스럽다고 놀리더니, 그것을 미리 사다 놓았을 줄이야 꿈에도 생각하지 못했다.

나는 요구르트를 받아들고 눈물범벅인 얼굴로 웃었다. 2006년의 여름, 또 하나의 사랑이 그렇게 내 마음을 적셨다.

그즈음, '잔엔'이라는 이름은 내 머릿속에서 어느새 사라지고 없었다.

큰 소리로 웃지 마, 상처가 되살아나니까

그리고 세월은 흘러 2009년, 청즈는 결혼을 앞두고 이곳 시안에서 웨딩 사진을 찍고 있었다. 그의 아름다운 신부와 나는 서로를 적으로 인식하고 있었지만 다행히도 웃으며 이야기를 나눌 수 있을 만큼 어른스러웠기에, 촬영이 끝난 후에 다 같이 무도회장에 가서 한 잔하며 여독을 풀기로 했다.

나의 생애 첫 무도회장 체험기가 이렇게 시작된 것이다.

무도회장은 내가 상상했던 것과 달랐다. 시끄러운 음악만 빼면 모든 것이 질서정연했고 그다지 소란스럽지도 않았다. 그래서 실망스러웠다. 무도회장이 내가 상상한 것처럼 소란스럽고 무질서했다면 술에 취한 척하며, 혹은 진짜로 술기운을 빌어 청즈의 멱살을 잡고 '내가 너를 좋아하는데 너는 왜 다른 여자와 결혼을 하느냐'며 생떼를 쓸 용기라도 내 볼 텐데. 도저히 그럴 분위기가 아니었다.

하지만 분위기가 따라 줬다 해도 정말 그런 짓을 하지는 못했을 것이다. 청즈가 말한 대로 나는 마음만 있지 배짱이 없는 사람이니까. 벌써 몇 년이나 지났지만 나는 여전히 그대로였고, 혼자 고생할 팔자였다. 연거푸 술을 들이켰지만 이상하게도 정신은 갈수록 맑아졌다. 청즈의 예비신부는 이따금 나와 눈이 마주칠 때마다 상냥하게 웃었다. 그녀는 정말 예쁜 데다 눈도 컸다. 그녀가 청즈의 어깨에 기대 춤을 추는 모습은 한 폭의 그림처럼 우아하고 행복해 보였다. 나를 향한 청즈의 등은 여전히 왼쪽 어깨가 처져 있었고, 춤을 출 때마다 눈에 띄게 오르내렸다. 하지만 그녀는 그 사실을 전혀 개의치 않는 듯, 오로지 그와 춤추는 데만 전념했다.

나는 여기서 무얼 하고 있는 것일까? 내가 무얼 할 수 있을까? 할 수 있는 것이라고는 그저 나를 향해 미소 짓는 그녀에게 잔을 들어 응답하는 일뿐이었다. 곁에서는 속사정을 알 리 없는

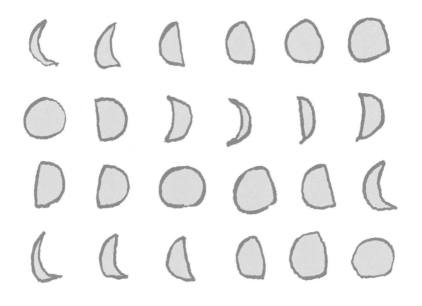

사촌동생이 곤혹스럽다는 듯 나에게 물었다.

"누나, 아직도 재채기가 나오려다 말고 그래? 왜 자꾸 눈물을 흘려?"

술기운이 걷잡을 수 없이 올라왔다.

지난 3년 간, 우리는 전화와 메신저로 끊임없이 연락을 주고받았다. 서로 충분히 감정을 나눴다고 생각했는데 그는 한순간 다른 사람의 남편이 되기로 작정해 버렸다.

2006년에 느꼈던 그 감정은 단순한 나의 착각이었을까?

모든 일에는 대가가 필요하다. 그리고 기쁨의 대가는 고통이다. 그해에 나는 상처를 치유하기 위해 시닝에 갔지만 상처를 치유 받는 대신 아픈 마음을 안고 돌아오게 될 줄은 상상도 하지 못했다. 나는 지난 3년 동안 청즈가 나로 인해 단 한 번도 가슴 떨린 적이 없었다고는 믿지 않는다. 그렇지 않으면 그 많은 안부 인사와 서로 이야기하며 지새웠던 수많은 밤과 내게 보내준 수많은 요구르트는 대체 무엇을 의미한다는 말인가. 내가 좋아하는 요구르트는 시닝에서만 생산됐고, 유통기한이 겨우 7일에 불과했다. 그것을 내게 보내기 위해 청즈는 3일이라는 배송 기간을 고려해서 일부러 당일에 생산된 요구르트를 구해 보내는 수고를 마다하지 않았다.

"한번은 당일에 보내려고 서두르다가 차 사고가 난 적도 있어."

그는 분명히 그렇게 말했다. 하지만 내가 놀라자 웃으며 나를 안심시켰다.

"아냐, 아무 일도 없었어. 그냥 장난친 거야."

하지만 장난이 아니었다. 나중에 삼촌에게 전화해서 물어봤기 때문이다. 실제로 사고가 났다고 했다. 일을 많이 하고 피곤한 상태에서 차를 몰고 가다가 깜빡 조는 바람에 그랬다고, 삼촌이 말해 주었다. 그러나 내가 떨리는 손으로 전화를 했을 때, 청즈는 아무렇지도 않다는 듯 말했다.

"위위, 내가 지금은 밖에 나와 있으니까 돌아가서 전화할게."

나는 전화기를 안고 울었다. 내가 걱정하지 않도록 거짓말을 하는 그의 마음이 고맙고 미안해서, 기껏 내가 좋아하는 요구르트 몇 병 때문에 사고까지 당한 그에게 대체 어떻게 해주어야 할지 알 수가 없어서 울었다. 하지만 나는 끝까지 바보였고 끝까지 미련했다. 그래서 마음이 그만큼이나 커졌는데도 여전히

그가 먼저 고백해 주기를 기다렸다. 우리 두 사람 사이의 일이라면 다 안다고 생각했는데, 설마 이런 결과가 오리라고는 생각하지 못했다. 그가 다른 사람의 손을 잡게 될 것이라고는 꿈에도 상상하지 못했다. 게다가 눈이 크고 아름다운 그의 신부는 나의 존재를 알고도 대범하게 웃으며 이렇게 말했다.

"위위 씨, 축하해 줘서 고마워요. 위위 씨도 행복하길 빌게요."

나의 행복이라니. 나의 행복은 그가 그녀의 손을 잡는 순간 이미 연기처럼 사라져 버렸는데.

청즈는 여전히 아무것도 모르는 척, 한결같이 다정하고 예의 바르게 나를 대했다. 마치 그동안 우리 둘 사이에 있었던 모든 감정을 한순간에 물거품으로 만들어 버리려는 것처럼 말이다. 아니면, 모든 것이 그저 나의 환상이었을까? 외로움 속에서 내가 꾸었던 꿈에 불과한 것일까?

나는 용기 없고 수동적이었다. 그렇다고 맹세코 그와 나 사이에 아무 감정도 없었던 것은 아니다. 다만 청즈 역시 어느새 나처럼 수동적인 사람이 되어 버렸다는 사실을 몰랐을 뿐이다.

수많은 도시를 헤매도 사랑하는 이는 한 사람뿐

청즈가 2010년에 결혼했을 때 나는 항저우杭州에 있었다. 직접 본 사람마다 맑고 아름답다고 극찬하는 시후西湖였지만 그 며칠 동안은 줄곧 실 같은 비가 내렸다.

나는 투명한 우비를 입고 정처 없이 걸어 다니며 호수가 몽롱하게 비에 젖어드는 모습을 끊임없이 바라봤다. 하지만 아무것도 느껴지지 않았다. 지난 1년 간 나는 상처를 치유해 줄 아름다운 풍경을 찾아 수많은 곳을 돌아다녔다. 그러나 소용없었다. 2006년의 상처는 그렇게나 빨리 사라졌는데, 이 상처는 대체 왜 이렇게 나를 놓아 주지 않는 것일까?

청즈에게서 다시 전화가 걸려 왔을 때, 나는 이미 시안으로 돌아온 상태였다. 책을 끌어안고 막 엘리베이터를 타는데 전화벨이 울렸다. 이름 없이 번호만 떴다. 전화를 받긴 했지만 소리가 끊겨서 잘 들리지 않았다.

"여보세요, 누구시죠?"

잠시 후 전화가 끊어졌다. 나는 멍하니 휴대전화 화면만 바라봤다. 새로 산 휴대전화의 화면을 내 얼굴이 전부 비칠 만큼 컸다. 전 휴대전화를 소매치기 당한 터라 저장된 번호도 없었다.

하지만 이것은 핑계가 되지 못한다. 왜냐하면 나는 아직도 그의 번호를 외우고 있기 때문이다. 소매치기가 내 가슴에 새겨진 그의 번호도 훔쳐가 버렸으면 좋으련만, 그런 일은 일어나지 않았다.

문자 알림음이 짧게 울렸다. 확인하려는 손이 부들부들 떨렸다. 수많은 도시를 헤매며 수많은 날을 보내는 동안 많이 냉정해졌다고 생각했는데, 지금 이 순간 나는 속수무책으로 흔들리고 있었다.

문자는 짧았다.

'잊었어도 괜찮아. 이제는 너도 새로운 생활을 시작해야지.'

나는 휴대전화를 끌어안고 목 놓아 울었다.

잠시의 망설임이, 일생일대의 사랑을 놓치게 만들었다. 이렇게 허무하게 놓쳐 버린 것이다.

휴대전화 화면은 여전히 그 문자에 머물러 있었다. 나는 떨리는 손으로 삭제 버튼을 눌렀다.

후기

그 후에 딱 한 번, 그를 만난 적이 있다. 내가 시닝에 갔을 때였다. 나는 구석진 자리에 앉아서 그가 지나가는 것을 보았지만 부르지 않았고, 나중에 그가 나를 발견했을 때야 비로소 아는 척을 했다. 그때 나는 맛도 없는 요구르트를 열심히 먹고 있는 중이었다. 신맛이 가슴까지 스며들어 쓰라렸다. 요구르트를 먹어도 가슴이 아프지 않은 날이 언제쯤이나 올까. 이 아픔은 한쪽 어깨가 기울어진 청즈를 처음 보았던 날처럼 나를 한없이 무력하게 만든다. 그의 왼쪽 다리를 자세히 볼 용기가 나지 않아서, 기울어진 어깨를 통해 그날의 사고가 그에게 남긴 흔적을 가늠할 수밖에 없었던 그날의 무력한 나.

다행히도 지금 그의 곁에 있는 그녀는, 이 모든 것을 전혀 개의치 않았다.

그러면 된 것이다. 아주 잘된 것이다. 이보다 더 좋은 결말이 어디 있겠는가?

삼촌이 말했다.

"위위, 너무 가슴 아파하지 마라. 청즈도 고충이 많았어. 그녀석 자존심에, 그런 모습으로는 너에게 갈 수 없었던 게야. 내 운전기사였기는 했지만 기개만큼은 대단한 녀석이거든. 아마 녀석에게 너는 올려다봐서도 안 될 나무였을 거야. 이런 말하기 미안하다만 현실은 냉혹한 거란다. 동화는 동화일 뿐이야. 어쨌든 공주는 왕자를 만나야 하지만 개구리가 왕자로 변할 수는 없어. 넌 아직 젊으니까 금방 괜찮아질 게다."

오랫동안 군 생활을 하며 마음이 강철같이 단단해진 삼촌은 담담하기 그지없었다. 하지만 나는 담담할 수가 없었다. 요즘 같은 세상에 무슨 신분의 차이가 있단 말인가? 그것이 그렇게 중요한가? 그가 끝까지 아무 말도 하지 않고, 끝까지 나에 대한 감정을 숨긴 이유가 정말 이것뿐이란 말인가!

나는 차라리 그날 그 사고가, 그로 인해 기울어진 그의 어깨가 그를 내게서 멀어지게 한 진짜 이유라고 믿고 싶었다.

사랑에는 용기가 필요하다.

자신이 먼저 용기내지 않고 상대가 먼저

손 내밀어 주기를 기다리는 것은 어리석은 일이다.

나는 기다릴 수 있어도 시간은 기다려 주지 않기 때문이다.

때로는 시간이 빚은 수많은 상황이

내가 사랑하는 그 사람을 낯선 이로 변하게 만들고,

사랑을 영영 놓치게 만든다.

무무木木

속죄

즈부위子不語

부랑자

얼핏 보기에 그는 공원의 여타 부랑자와 다를 바가 없었다. 창백한 낯빛, 언제 깎았는지 가늠도 안 되게 덥수룩한 수염, 낡은 재킷과 색 바랜 청바지까지 전형적인 부랑자의 모습이었다. 키는 큰 편이었지만 어깨를 펴 본 적이 없는 사람처럼 등이 구부정했고 잔뜩 헝클어진 머리칼은 희끗희끗한 새치가 뒤섞여 있었다. 그는 대나무 빗자루를 들고 달팽이처럼 천천히 움직이며 산책로를 조금씩 쓸고 있었고, 초겨울의 차가운 바람이 그의 얇은 재킷 안을 파고들었다.

선샤오통은 벤치에 앉아 산책로 끝에 있는 연못을 바라보는 척하면서 몰래 그 부랑자를 살폈다. 여름이 떠나간 연못은 말라 죽은 연꽃과 가지들로 가득해서 스산하기 그지없었다. 그러나 이 순간 가장 스산한 것은 그녀의 마음이었다. 그녀는 한참을 망설이다가 마침내 용기를 냈다.

"아저씨."

겨울이 찾아온 공원에는 밤을 지새울 만한 공간이 없었다.

"아저씨, 청소 끝난 뒤에 시간 있으세요? 혹시 부수입 올려 볼 생
각 있어요? 제가 지금 이 전단지를 돌릴 사람을 찾고 있거든요."

혹시나 거절이라도 당할새라 그녀는 얼른 한 마디를 덧붙였다.

"공원 부근의 주택 우편함에 넣기만 하면 돼요."

그는 주저했지만 결국 두꺼운 전단지 뭉치를 받아들었다. 그
의 인생에 새로운 장이 열리는 순간이었다.

여사장

선샤오통이 지켜본 결과, 회사에 온 지 3개월이 넘도록 린이
샹은 단 한 번도 웃지 않았다. 그는 항상 깊은 고민에 빠진 듯
양미간을 찌푸리고 있었다. 오죽하면 데스크를 맡은 여직원이
그녀에게 몇 번이나 '린 팀장님은 대체 무슨 일이 있기에 늘 저
렇게 심각한 표정이냐'고 물었을 정도였다.

여직원이 서슴없이 이런 질문을 할 수 있을 만큼 그녀는 권위
적이지 않은 사장이었고, 직원들도 모두 그녀를 편하게 대했다.
하지만 린이샹에 대해서만큼은 그녀도 무어라 할 말을 찾지 못
했다.

그는 매우 잘생긴 남자였다. 게다가 키도 커서 어딜 가나 주

목을 받았다. 비록 사교적이지는 않았지만 은근한 분위기가 있어서 사무실 내에 그를 좋아하는 여직원도 적지 않았다. 가끔 그의 깊은 눈동자와 눈이 마주칠 때면 선샤오통 역시 순간적으로 가슴이 두근거렸다.

하지만 선은 확실하게 지켜야 했다. 그녀에게는 책임져야 할 직원들과 운영해야 할 사업이 있었다. 쓸데없는 잡념에 빠지지 말자고, 그녀는 몇 번이나 자기 자신을 다잡았다. 그러나 모든 일에는 예외가 있는 법, 그녀는 어지러운 머리를 부여잡으며 생각했다.

'그에게 집에 좀 데려다달라고 할까.'

지금 그녀는 취한 상태였다. 오후에 있었던 접대 자리에서 과음한 것이 잘못이었다. 사무실에 돌아올 때는 걸음마저 비틀거렸다. 겨우겨우 책상에 엎드려서 잠시 쉬는데, 우연찮게 눈 끝머리에 아직까지 야근 중인 린위상이 보였다. 그녀는 가만히 그를 지켜보다 결국 내선 전화를 들어 그에게 집에 데려다달라고 부탁하고 말았다. 술기운 때문일까, 아니면 그의 보기 좋은 옆선 때문일까. 그녀는 더 이상 자신을 자제할 수 없었다.

피고용인

린위상은 천천히 차를 몰았다. 아주 오랜만에 잡는 운전대였지만 생각만큼 낯설지 않아서 오히려 놀라웠다. 단, 운전면허증

의 유효 기간이 지났을지도 모른다는 점이 걱정됐다.

현재 그의 상황은 무엇을 하든 편할 수가 없었다. 차를 몰고 가다 감시 카메라를 본 그는 자조하듯 입 꼬리를 말아 올렸다. 그것을 아는지 모르는지 조수석에 앉은 여자는 머리를 가볍게 흔들며 웅얼거리듯 물었다.

"도착했어요?"

그는 고개를 돌려 술기운에 발갛게 물든 여자의 얼굴을 바라봤다. 그녀의 머리가 기울어져 그의 어깨에 닿자 달콤한 술 냄새가 훅 풍겨 왔다. 그는 가늘게 눈을 떴다. 그때 그녀가 갑자기 자기 옷깃을 잡아당기며 중얼거렸다.

"아, 더워. 너무 덥다."

확실히 난방을 너무 세게 틀었는지 차 안은 후끈한 편이었다. 그녀는 외투를 벗으며 블라우스의 단추를 풀어 헤쳤다. 풀어진 옷깃 사이로 쇄골과 뽀얀 가슴골이 들여다보였다. 여기까지만 해도 분위기는 충분히 묘해졌지만 그녀는 한 발 더 나갔다. 그에게 몸을 기대며 신음하듯 속삭인 것이다.

"키스해 줘요, 린이샹."

그의 손이 가볍게 떨렸다. 잠시 후, 그는 무엇에 홀리기라도 한 듯 가로수가 우거져서 어둑어둑한 길 한편에 차를 댔다. 늦은 시간이라 주위는 지나가는 사람도, 차도 없이 적막할 뿐이었다. 자신이 왜 이런 곳에 차를 세웠는지, 그는 깊이 생각하고 싶지 않았다.

그는 라이트를 끄고 고개를 돌려 잔뜩 취한 것이 확실해 보이는 여자를 바라봤다. 그녀는 아직 젊었다. 아마 서른도 되지 않았으리라. 그러나 자신이 다니는 회사의 사장이었다. 3개월 전에 공원에서 그를 '건져 준' 장본인이기도 했다. 그때 그녀는 그에게 업무팀장을 구하는 구인 광고 전단지를 돌려 달라고 했다.

슬쩍 전단지를 훑어본 그는 순간 어안이 벙벙해졌다. C대학교 졸업생에 한함, 30세 이상 35세 이하, 정밀기계 관련 업무 경험이 있을 것, 게다가…… 전갈자리 남성이어야 한다니. 마치 그를 꼭 집어서 설명해 놓은 듯했다. 그는 잠시 망설이다가 비웃음을 당해도 좋다는 생각으로 자신을 추천했다. 어차피 밑져야 본전 아닌가. 그런데 놀랍게도 그녀는 단박에 고개를 끄덕이며 신분증과 졸업증명서만 제출하라고 했다.

당황한 쪽은 오히려 그였다. 물론 자격을 증명할 수 있어야 한다는 조건이 붙기는 했지만 공원에서, 그것도 부랑자나 다름없는 자신을 무엇을 보고 업무팀장으로 고용한다는 말인가? 하지만 그녀는 확신에 찬 말투로 말했다.

"나는 게자리에요. 전갈자리와 게자리가 사업적으로는 최고의 궁합인 거, 모르세요?"

그는 반박하고 싶은 충동을 꾹 참았다. 어차피 여자들이란 원래 비이성적인 동물이 아니던가.

그렇게, 그는 그녀의 회사에 들어왔고 회사에서 제공한 집도 생겼다. 바로 그녀의 앞집이었다.

뜨거운 밤

그는 몸을 기울이고 그녀가 바라던 대로 키스했다. 한손으로는 그녀의 머리를 받치고, 다른 한손은 그녀의 몸 위로 신중하게 미끄러트렸다. 쇄골을 지나 가슴을 살짝 건드리고, 천천히 아랫배를 향해……. 하지만 하반신에 이르기 전, 그는 손을 멈췄다. 그러자 그녀가 애가 탄다는 듯 몸을 뒤틀었다. 그는 그녀의 입술을 깨물며 그녀의 교태어린 신음소리를 삼켜 버렸다. 뜨겁고 열정적이지만, 도무지 속을 알 수 없는 비밀스러운 여자였다.

그는 그녀가 한밤중에 심각한 표정으로 전화를 걸고 받는 모습을 몇 번이나 보았다. 때로는 차 안에서, 때로는 집 앞에서, 때로는 길을 걷다가도 그랬다. 여기까지 생각이 미치자 그는 저도 모르게 손아귀에 힘을 주었다. 그것을 느낀 그녀가 가늘게 눈을 뜨고 왜 그러냐는 듯 그를 바라봤다. 그녀는 정말로 취한 것일까?

그는 힘껏 그녀를 끌어당겨 자기 위에 앉혔다. 그녀를 껴안고 귀를 살짝 깨물자 신음소리가 한층 높아졌다. 그는 거칠게 그녀의 치마를 끌어올리고 깊숙이 더듬었다. 열기가 고조되는 한 가운데, 그가 물었다.

"당신은 도대체 누구야?"

그녀는 쾌감에 젖어 몸을 둥글게 휘면서도 대답을 잊지 않았다.

"난 선샤오통이야!"

선샤오통

그렇다. 그녀는 선샤오통이었다. 그리고 그녀에게는 선하오라는 오빠가 있었다. 그는 대단한 기업가로 명성이 높았다. 그녀 역시 오빠의 뒤를 이어 기업가를 꿈꿨지만 사실 그럴 만한 패기도, 의지도 없었다. 솔직히 말하면 사업도 일종의 취미생활로 시작한 것이나 다름없었다. 그렇지 않았다면 어떻게 부랑자를 고용해서 업무팀장이라는 중책을 맡길 수 있었겠는가?

린이상은 선샤오통이라는 여자에게 흥미를 느꼈다. 그녀는 그보다 훨씬 더 복잡한 이야깃거리를 가지고 있는 것 같았다. 그녀는 늘 무언가를 생각하는 눈빛으로 그를 바라봤고, 그에게 지나치리만치 잘해 줬다. 아니, 뭔가를 바라는 눈치로 은밀하게 비위를 맞춰줬다고 하는 편이 옳으리라.

이것만으로도 흥미가 동할 만했다. 운 좋게도 그날 밤 두 사람의 관계는 급격히 가까워졌다. 남녀가 하룻밤을 같이 보냈으니, 당연한 일이었다. 그녀는 술기운을 빌려 그를 유혹했고 그는 못 이기는 척 그에 응했다. 차에서 집에 이르기까지 한번 불붙은 열정은 쉽게 꺼지지 않았다.

두 사람은 다음날 회사에서도 서로를 향한 은밀한 눈빛을 감추지 못했고 눈치 빠른 몇몇 여직원들은 분명히 둘 사이에 무슨 일이 있었다며 흥미 반, 부러움 반으로 수군댔다.

린이샹

그들은 반 년 후부터 본격적인 동거에 들어갔다. 어차피 가까이 살면서 이미 동거나 다름없이 지내고 있던 터였다. 그러다 그가 집 두 채를 오가며 괜한 낭비를 하지 말고 아예 같이 살자고 한 것이다. 그녀는 마치 기다렸다는 듯 흔쾌히 승낙했다. 때로 그녀는 정말로 사랑에 빠진 여인처럼 보였다. 그녀에게 비밀스러운 분위기가 조금만 덜했으면 더 좋았을 것이라고, 그는 생각했다.

그러나 그를 유혹한 것이야말로 바로 그 비밀스런 분위기였다. 그랬기에 1년 후 그들 사이에 결혼 이야기가 나왔을 때, 그 사실만 밝혀지지 않았더라면 모든 것이 순조롭게 진행됐을 것이다.

그날도 시작은 평소와 다르지 않았다. 여직원들은 오전 업무가 시작되기 전 늘 그랬듯이 머리를 맞대고 신문을 보며 그날의 운세를 읽었다. 그러다 한 여직원이 짜증난다는 듯 소리쳤다.

"뭐야, 또 성폭행 사건이 일어났어. 이런 인간들은 잡히면 죄

다 총살시켜야 한다니까!'

순식간에 분노의 공감대가 형성됐다. 모두 한창 나이의 젊은 여성이다 보니 이런 소식에 더더욱 쉽게 흥분했다. 당연한 일이라고, 그는 스스로를 도닥였지만 저도 모르는 새 얼굴이 하얗게 질리고 말았다. 곁에 있던 여직원이 놀라서 물어볼 정도였다.

"린 팀장님, 어디 불편하세요?"

불편했다. 아니, 불편한 정도가 아니었다. 그는 도망치듯 자신의 사무실로 들어갔다. 과거의 악몽이 다시금 그를 덮쳤다. 그가 주먹을 꼭 쥐고 부들부들 떨고 있는데, 뒤에서 선샤오퉁이 그를 불렀다. 더 이상 참을 수 없게 된 그는 몸을 돌려 그녀를 노려보며 한 글자씩 끊어 내듯 내뱉었다.

"당신, 대체 무슨 속셈이었어?"

과거의 굴레

그것은 8년 전의 일이었다. 당시 선샤오퉁은 대학을 갓 졸업한 어린 아가씨였고, 오빠인 선하오의 회사에서 주최한 연말 파티에 참석한 참이었다. 하지만 얼마 안 가 지루함을 견디지 못하고 슬그머니 밖으로 빠져나갔다. 앞으로 어떤 사건이 벌어질지는 꿈에도 생각하지 못한 채 말이다.

그날 호텔에는 또 다른 회사의 연말 파티도 열리고 있었다. 그런데 그쪽 회사의 한 남자가 뭇 여성들의 시선을 독차지했다.

키가 크고 잘생긴 그 남자는 어딜 가나 눈에 띌 만한 인물이었는데, 공교롭게도 선하오와 같은 넥타이를 매고 있었다. 얼마나 훤칠했던지, 선하오가 마음에 두고 있던 동료 여직원까지 그에게 한눈에 반한 눈치였다. 기분이 나빠진 선하오는 평소보다 훨씬 더 많은 술을 마셨고, 잔뜩 취해서 바람을 쐬기 위해 밖으로 나왔다. 그는 비틀비틀 걸으며 근처의 작은 공원에 들어섰다가 우연히 어둑어둑한 잔디밭으로 파란 스커트를 입은 여자가 지나가는 모습을 보았다. 얼핏 그가 짝사랑하는 동료와 꼭 닮은 여자였다. 선하오는 순간 혈기가 치밀어 그만 그녀를 덮치고 말았다…….

일을 저지른 후, 화들짝 정신이 든 그는 도망치듯 현장을 빠져나오다가 마침 차를 몰고 그를 찾으러 온 선샤오통과 만났다. 그는 어서 가자고 여동생을 다그쳤지만 하필 그때 그녀의 눈에 누군가가 흐트러진 차림으로 벤치에 누워 있는 모습이 들어왔다. 오빠와 똑같은 넥타이를 맨, 건장하고 잘생긴 남자였다. 남자는 달빛을 받아 환하게 빛나는 것처럼 보였다. 그런데 그녀가 남자에게 정신이 팔려서 잠시 머뭇거리는 사이, 능욕을 당한 바로 그 여자가 정신을 차리고 차로 비틀비틀 다가왔다. 파란 스커트 위에는 점점이 붉은 혈흔이 선명했다.

뭔가 심상치 않다는 것을 눈치 챈 선샤오통은 선하오가 말릴 새도 없이 그녀를 차에 태우고, 누가 그랬느냐고 물었다. 선하

오는 그녀가 자신을 지목할까 봐 두려웠지만 워낙 충격이 컸던 모양인지 그녀는 그를 알아보지 못하고 울기만 했다. 그 순간, 선하오는 악마 같은 꾀를 떠올렸다. 그는 그녀에게 유도 질문을 던져서 남자의 인상착의를 기억하게 했다. 특히 무슨 넥타이를 맸었는지 기억하라고 강조했다. 그런 뒤 그녀의 명예를 지켜줘야 한다는 핑계를 대며 여동생에게 그녀를 집에 데려가 깨끗이 씻기고 옷을 갈아입혀 주라고 했다. 그녀의 몸에 남은 증거를 모두 없앤 것이다.

나중에야 정신을 차린 여자는 범인이 키가 컸고 어두운 색 격자무늬 넥타이를 맸었다는 것을 기억해 냈다. 당시 공원은 어두워서 시계가 불분명했다. 술에 취해 공원 벤치에 누워 있던 잘생긴 남자를, 그녀가 범인으로 지목한 것도 무리는 아니었다.

선샤오통은 분노에 차서 여자를 데리고 직접 경찰서까지 갔다. 그리고 후에 신문기사를 통해 그 남자가 8년형을 선고받았다는 사실을 알았다. 전도유망했던 한 젊은이가 순식간에 강간범이 되어 옥살이를 하게 된 것이다. 이 사건은 한동안 사람들의 입에 오르내리며 화제를 불러 모았다.

비록 감옥살이는 면했지만 그날 이후 선하오에게도 고통의 나날이 시작됐다. 그를 엄습한 엄청난 죄책감 때문에 8년 내내 제대로 먹지도, 자지도 못했다. 결국 큰 병에 걸려 투병생활을 하던 그는 임종 직전, 여동생에게 모든 것을 털어놓았다. 그리고 자기 대신 속죄해 줄 것을 그녀에게 간절히 부탁했다.

속죄의 어려움

생각지도 못한 충격적인 고백에 린이샹은 말문이 막혔다. 무려 8년이었다. 그 긴 세월 동안 자신이 저지르지도 않은 죄 때문에 고통 받게 한 장본인이 바로 그녀의 오빠라니! 8년 전 그날, 그가 잘못한 일이라고는 술을 많이 마신 것뿐이었다. 달아오른 취기를 식히려고 공원에 산책을 갔다가 더운 나머지 앞섶을 열어젖히고 벤치에서 잠이 든 것뿐이었다. 그러다 영문도 모르는 채 경찰에 체포돼서 성폭행범이라는 누명을 뒤집어쓰고 감옥에 끌려간 것이다. 출소한 이후에도 주홍글씨는 지워지지 않았고, 결국 어느 곳에서도 받아 주지 않아 어쩔 수 없이 부랑자 같은 생활을 해야만 했다. 그는 그런 자신에게 처음부터 기이할 정도로 친절을 베푸는 선샤오통이 줄곧 의심스러웠다. 그래서 몰래 그녀를 뒷조사했고, 마침내 그녀가 자신을 고소한 사람 중 하나라는 사실을 알았다. 그 사실 하나만으로도 그는 그녀를 충분히 증오할 수 있었다. 그런데 오늘, 꿈에서도 생각지 못한 더욱 충격적인 사실이 밝혀진 것이다. 그녀는 그에게 억울한 누명을 뒤집어씌운 남자의 동생이기도 했다! 그것만으로도 그녀는 그의 원수나 다를 바 없었다.

린이샹은 허탈하게 웃었다. 모든 것이 지독한 거짓말 같았다.

선샤오퉁은 부들부들 떨며 그에게 말했다.

"사실 이 회사, 당신을 위해 만든 거야. 먼저 당신을 불러들이고 차근차근 경영권을 넘겨 주려고 했어. 그러면 조금이나마 보상이 되지 않을까 싶어서……. 오빠를 대신해서, 속죄할 수 있을까 싶어서."

그녀는 고개를 떨구었다.

"하지만 내가 당신을 사랑하게 될 줄이야……."

사랑이라니. 린이샹은 그녀를 죽일 듯 노려봤다. 아니, 지금 당장 그녀의 목을 조르지 못하는 것이 한스러웠다. 그는 그녀를 사랑한 적이 없었다. 적어도 그녀의 정체를 알고 난 이후로는 증오밖에 느끼지 못했다. 애당초 결혼할 생각도 없었다. 원래 계획은 결혼식 바로 전날, 회사 자금을 빼돌려서 흔적도 없이 사라지는 것이었다. 그렇게 해서 사람과 돈을 모두 잃는 고통을 그녀에게 안겨 주려 했다. 하지만 지금 그녀는 애처로운 모습으로 울면서 그에게 속죄하려 했다고, 돈도 원래부터 모두 그의 것이었다고 말하고 있다. 그렇다면, 그녀 자신은……?

수많은 낮과 밤을 함께 하며 그녀가 보였던 열정 역시 속죄의 일부분이었던 것일까? 그녀는 그를 사랑한다고 말한다. 하지만 그는 도저히 받아들일 수가 없었다. 린이샹, 그는 대체 어떤 선택을 해야 하는 것일까?

이 세상은 사랑 없이 살아갈 수 없는 곳이다.

사랑이 없는 사람은 행복도 얻을 수 없다.

문제는 사랑도 한순간의 생각 차이로 변할 수 있으며,

행복 역시 일순간에 물거품이 될 수 있다는 것이다.

무무木木

사랑은 산을 넘고 계곡을 건너

시시미마西西密碼

1

그녀에게 전화가 왔을 때 나는 한창 이사 준비 중이었다.

"나가 가서 애를 봐 줘야 쓰겄다. 그러면 너도 훨씬 수월하지 않겠니?"

조심스럽기는 했지만 더 이상 의논할 여지가 없다는 듯 확고한 목소리였다.

처음에는 설득해 보려고 했지만 그녀가 진심이라는 것을 알고 난 후, 나는 어쩔 수 없이 고백했다.

"아니에요, 정말 오지 마세요. 저희 곧 이사해요. 그리고 애는…… 보모를 구하면 돼요."

나도 모르게 눈물이 뚝뚝 떨어졌다. 눈앞에 보이는 모든 것은 리우강과 결혼한 뒤 3년 동안 함께 열심히 노력해서 이룬 것들이었다. 하지만 그가 세상을 떠난 지금은 눈길이 닿는 곳마다 아픈 기억이 떠올라서 도저히 견딜 수가 없었다. 그래서 공인중

개사를 통해 집을 팔기로 결정한 것이다.

하지만 그 말을 듣자마자 그녀는 즉각 말리고 나섰다.

"애야, 팔지 마라. 집 산 지도 몇 년밖에 안 됐잖니? 지금 팔면 세금만 더 나오고, 손해 보잖아. 어미 말을 들어라, 응? 나가 곧 가서 도와주마. 애랑 너, 모두 편하게 지낼 수 있도록 나가 다 뒷바라지해주마. 어미가 있는데 뭣이 걱정이냐."

'어미' 라는 말에 잠시 멈췄던 눈물이 또다시 흐르기 시작했다. 생각해 보면 결혼한 후로는 설 명절에만 본가에 갔었기 때문에 시어머니를 '어머니' 라고 직접 불러 본 적은 몇 번 되지 않는다. 평소 전화를 할 때도 따로 호칭을 거의 쓰지 않았다. 하지만 아무리 어머니라고 해도 선뜻 호의를 받아들일 수가 없었다. 지금, 그녀가 아는 것은 리우강의 죽음이라는 표면적 사건뿐이었다. 그가 죽기 반 년 전에 그의 외도로 인해 우리가 이혼했다는 사실은 모르고 있는 것이다.

"저 아직 저축도 있고요. 보모를 구해서 1년 정도만 고생하면 내년부터는 애도 유치원에 가니까……."

그러나 미처 말을 끝내기도 전에 전화가 끊겼다. 다시 전화를 걸어 보았지만 아무도 받지 않았다. 그때 이미 그녀는 짐을 싸 들고 베이징으로 향하는 기차에 몸을 실은 뒤였다.

2

기차역에서 만난 그녀는 확 늙은 느낌이었다. 게다가 꼬박 하루를 기차를 타고 와서인지 얼굴에는 피곤기와 먼지가 덕지덕지 붙어 있었다.

하지만 마중 나온 우리를 보는 순간, 마치 불이라고 켠 것처럼 그녀의 표정이 환해졌다. 특히 아이를 보자마자 어쩔 줄 몰라 하며 꼭 끌어안고 뺨에 입을 맞추고, 아이의 품에 얼굴을 묻었다.

나는 부드럽게 인사를 건넸다.

"어머니, 오셨어요."

그녀는 그제야 고개를 들었다. 내일 모레면 예순을 바라보는 나이, 앞머리에는 벌써 서리가 하얗게 앉았다. 하지만 나를 더욱 놀라게 한 것은 그녀의 눈에 가득 고인 눈물이었다. 혹시라도 내가 물어볼까 봐 그랬는지, 그녀는 얼른 몸을 돌려 눈물을 닦고는 나를 향해 웃었다.

"에그, 나이를 먹어서 그런가? 찬바람을 맞으면 꼭 이렇게 눈물이 나더구나."

역을 나오는 길에 그녀는 내내 함박웃음을 지으며 아이와 장난을 쳤다. 그러나 내게는 그 모습이 왠지 슬프게만 보였다. 아마도 그녀는 지금 리우강을 떠올리고 있을 터였다. 아이를 보며, 하나뿐인 아들의 부재를 뼈저리게 느끼고 있으리라. 나는 그녀가 집에 들어가면 더 깊은 상심에 빠질까 봐 겁이 났다. 그래서 얼른 음식점으로 이끌었다.

"배고프지 않으세요? 저기 음식점에서 밥 먹고 들어가요."

하지만 그녀는 완강하게 고개를 저으며 아이를 안고 꿋꿋이 집으로 향했다. 나는 어쩔 수 없이 그 뒤를 따랐다. 집에 도착하자마자 그녀는 아이를 내려놓고 곧장 화장실로 향하며 소리쳤다.

"하룻밤 내내 기차를 탔더니 찝찝하구나. 나 먼저 좀 씻으마."

그런 그녀의 모습이 내게 옛 기억 하나를 떠올리게 했다. 결혼 첫 해, 시부모가 한 달 가량 우리 집에 머문 적이 있었다.

어쩔 수 없는 사정이 있었지만 신혼이었기 때문에 나는 불쾌한 기분을 감출 수가 없었다. 그래서 집안일을 어머니가 도맡아 해주었는데도 기어코 듣기 나쁜 말을 몇 마디 내뱉고 말았다.

한번은 어머니가 물을 아낀다고 일주일 동안 샤워를 하지 않은 적이 있었는데, 그것이 너무나 거슬렸던 나는 몇 번이나 어머니에게 은연중에 잔소리를 했다. 하지만 어머니가 끝까지 못 알아들은 척 하자 결국 이 일로 리우강과 수차례 싸웠고, 그중 몇 번은 어머니더러 싸우는 소리를 들으라고 일부러 문을 열어놓았다.

그때로부터 벌써 3년이 흘렀고, 상황도 달라졌다. 하지만 어머니는 아직도 그때 일을 기억하고 있는 모양이었다. 나는 그만 난감해지고 말았다.

3

한 사람의 온기가 더해지니 집안에 생기가 감돌았다.

아이는 할머니를 아주 좋아했다. 까만 눈을 동그랗게 뜨고 할머니가 해주는 옛날이야기를 하루 종일 들었다. 나도 다 좋았지만 단 한 가지, 어머니의 부정확한 발음이 자꾸 신경이 쓰였다. 사투리가 심하지는 않았지만 고향인 산둥山東 지역의 억양과 단어가 종종 튀어나왔기 때문이다. 특히 '내가'를 '나가'라고 할 때가 많았다. 나도 모르게 그것을 지적하려다가 몇 번이나 참았는데, 그녀가 먼저 눈치를 채고는 자기 입을 때리며 말했다.

"나가 요 입이 문제여. 오기 전에도 '가면 무조건 표준말만 써야지' 해놓고는 이런다. 우리 아가가 제대로 된 베이징 사람이 되려면 말을 잘 배워야 하는데!"

웃음으로 화답하기는 했지만 한편으로는 씁쓸했다. 처음 베이징에 왔을 때, 리우강과 나의 모습이 떠올랐기 때문이다. 우리는 이곳에 붙어 있기 위해 정말 열심히 노력했다. 둘 다 명문 대학교를 졸업하고 하나는 보험 판매원으로, 하나는 무역회사 영업사원으로 정신없이 바쁘게 살았다. 그 결과 마침내 우리만의 보금자리를 마련하고 예쁜 아이도 얻었다. 그리고 인생이 아무런 문제없이 잘 풀려간다고 생각한 바로 그때, 리우강이 길을 벗어났다. 젊은 여자와 사랑에 빠져 나에게 이혼을 요구한 것이다. 하지만 누가 알았으랴. 나와 이혼한 지 두 달 만에, 그는 내

연녀와 여행을 떠났다가 그만 교통사고로 세상을 뜨고 말았다. 이 일을 나는 아무에게도, 특히 시부모와 친정 부모에게는 한마디도 알리지 않았다. 안 그래도 슬퍼하시는 어른들에게 더 큰 충격을 안길 수는 없었기 때문이다.

우리가 이혼한 사실을 그녀가 모르는 것은 확실했다. 알았다면 나를 돕겠다고 먼 길을 달려왔겠는가. 확실히 그녀가 있으니 집은 항상 깨끗했고 늘 방금 한 밥을 먹을 수 있었다. 집안일과 아이들보기에 여념이 없는 그녀에게 나는 몇 번이나 '너무 무리하지 마시라, 집안일은 퇴근한 뒤 내가 하겠다'고 했지만 그때마다 그녀는 손사래를 쳤다.

"무슨 소리냐! 나는 여기 널 도와주러 온 거지, 부려먹으려고 온 게 아니다. 넌 가서 열심히 일할 생각만 해라. 애가 클수록 돈이 더 들지 않겠니."

그 말대로였다. 눈앞의 아이는 하루가 다르게 자라고 있었다. 앞으로 유치원을 보내고 학교를 보내 공부를 시키려면 갈수록 더 많은 돈이 필요했다. 생각만 해도 가슴이 답답했다. 가끔은 리우강이 나를 배신했다는 사실보다 이 모든 책임을 나에게 떠맡기고 혼자 떠났다는 사실이 더 괘씸하고 화가 났다. 죽은 사람은 차라리 편하다, 산 사람만 고통스러울 뿐……

그날 저녁, 온갖 걱정과 근심이 머릿속을 꽉 채워서 좀처럼 잠이 오지 않았다. 한참을 뒤척이던 나는 결국 거실로 나갔다.

막 불을 켜려는데, 그녀의 방에서 숨죽여 우는 소리가 흘러나왔다. 이 세상에 자기 자식을 사랑하지 않는 엄마가 어디 있을까. 그녀는 분명히 리우강을 떠올리고 있으리라.

4

리우강이 없어서일까, 아니면 우리가 이미 이혼했기 때문일까? 예전보다는 그녀와 함께 있는 것이 덜 부담스럽고 편하게 느껴졌다. 그녀가 집에 머문 지 두 달째에 접어들었을 때, 나는 그녀가 해주는 밥을 먹는 데 익숙해졌다. 가끔 음식이 짜면 '산둥 지역 특산품이 소금 맞죠?' 라며 농을 건넬 정도였다. 그러면 그녀는 겸연쩍게 웃기만 했다. 하지만 다음 번 음식은 반드시 싱거웠다. 그것을 보고 나는 그녀가 아직까지도 나를 조심스러워한다는 것을 알았다.

아이를 돌보는 것만 해도 쉬운 일이 아닌데 그녀는 집안일도 전담하다시피 하고 있었다. 한번은 감사한 마음에 옷이라도 사 드릴까 싶어 양모 셔츠 한 벌을 사 간 적이 있었다. 그런데 미처 가격표를 떼지 않은 것이 화근이었다. 셔츠의 가격은 498위안으로, 사실 그 가게에서 가장 싼 축에 속했다. 그런데도 그녀는 가격표를 보자마자 펄쩍 뛰며 환불해 오라고 고집을 부렸다.

"조만간 애한테 들어갈 돈이 얼마인데! 어서 가서 바꿔 오너라. 차라리 저축을 해. 어서!"

내가 그냥 입으시라고 아무리 권해도 그녀는 요지부동이었다. 결국 나는 참지 못하고 한 마디 했다.

"어머니, 저 이 정도 능력은 돼요. 사람이 어떻게 이렇게까지 아끼고 살아요?"

'어머니'라는 말에 그녀는 순간적으로 당황한 듯 안절부절못했지만 곧 온 얼굴에 환한 미소를 띠었다. 그제야 나는 첫날 기차역에서 만났을 때를 빼고는 지금까지 한 번도 그녀를 '어머니'라 불러 본 적이 없다는 것을 깨달았다.

부르고 싶지 않아서가 아니었다. 리우강이 준 상처가 아직도 내 안 어딘가에 똬리를 틀고 있었기 때문이었다.

하지만 내게서 '어머니'라는 소리를 들은 후 기분이 좋아졌는지 아이를 안고 계속 노래를 흥얼거리는 그녀를 보자 마음이 말할 수 없을 만큼 아팠다. 그녀는 순박한 노인일 뿐이다. 아들의 잘못과 그녀가 무슨 상관이 있단 말인가?

그날 이후, 나는 틈날 때마다 그녀를 '어머니'라고 불렀다. 출근할 때도 부르고, 밥 먹을 때도 부르고, 퇴근하고 나서 또 불렀다. 처음에는 어색했지만 부르다 보니 자연스러워졌다. 그녀도 조심스럽게 응대하다가 어느새 당연하다는 듯 큰 소리로 대답하기 시작했다. 그러다 가끔씩 눈이 마주치면 둘 다 소리 없이 웃었다. 그녀의 존재로 인해 나의 생활에 진짜 웃음이 돌아온 것이다.

5

평온한 나날이 계속됐다. 예전에 그녀가 머물렀을 때 내가 왜 그리도 반감을 가졌었는지, 지금은 왜 이리 편안하고 따스한 기분이 드는지 이상할 정도로 평온한 나날들이었다.

함께 사는 동안, 나는 그녀가 아주 뛰어난 살림꾼이자 지극히 자애로운 어머니라는 사실을 몇 번이나 확인했다. 한번은 아이에게 겨울철 솜옷을 지어 주면서 내 것까지 만들어 주었는데, 혹시라도 내가 안 입겠다고 할까 봐 일부러 신경 써서 솜을 아주 얇고 탄탄하게 넣고 재봉선도 정교하게 바느질했다. 그 노력 덕분에 따뜻하지만 옷맵시는 해치지 않는 매우 멋진 내복이 탄생했다. 내가 정말 감사하다고, 예쁘다고 말하자 그녀는 눈가에 주름이 잡히도록 미소 지었다. 참으로 아름다운 미소였다.

아이는 그녀의 보살핌 아래 대나무처럼 쑥쑥 자라서 어느새 유치원에 보내도 될 나이가 되었다. 그녀가 우리 집에 온 지도 꼭 1년째였다. 아이를 유치원에 보낸 첫 날, 나는 그녀를 음식점으로 모셔서 그녀가 좋아하는 음식을 주문하고 일부러 와인도 시켰다. 축하하려고 함께 잔을 들었을 때, 나도 모르게 눈가가 젖어들었다.

"어머니, 감사해요."

그녀는 아무 말 없이 술을 마시고, 주머니에서 통장 하나를 꺼냈다. 알고 보니 매달 생활비로 드린 돈을 아끼고 아껴서 저

축해 온 것이었다.

"어미가 돼서 도와준 것도 별로 없고, 이거 가져다 애 옷이라도 몇 벌 해 입혀라."

"어머니……."

나도 모르게 목이 멨다.

그녀는 다시 잔을 들어 입술을 축이고 한숨을 내쉬었다.

"애야, 어미가 부족해서 여기 오래 머물며 너를 도와줄 능력이 안 된단다. 하지만 이제 안심하고 갈 수 있을 것 같구나. 그전에 하고 싶은 말이 있는데, 꼭 들어주렴. 애야, 좋은 남자 만나 결혼하거라. 여자는 남편이 있어야 해."

처음 듣는 말은 아니었다. 그전에도 몇 번이나 들은 말이었다.

그녀는 완강했다. 틈만 나면 같은 말을 수없이 반복했다. 기차역에 도착해서 작별인사를 하는 그 순간까지도 내 손을 잡고 말했다.

"애야, 네가 진심으로 날 어미라고 생각하면 내 말을 들어. 아직 젊으니 어서 좋은 남자 만나 결혼하렴."

나는 아무 대답도 못하고 눈물만 흘렸다. 그러자 그녀도 흐느껴 울며 말했다.

"네가 얼마나 좋은 여자인지, 어미는 안다. 우리 아들이 너에게 얼마나 큰 잘못을 했는지도……. 너희가 이혼한 것도 그 애가 말해줘서 알고 있었어……."

그녀는 처음부터 모든 것을 알고 있었다. 하지만 모르는 척 꿋꿋이 보따리를 싸 짊어지고 산과 물과 계곡을 건너 나에게로 와서, 아이를 돌봐주고 집안일을 해주고, 내가 가장 아플 수밖에 없는 그 시간 동안 나의 곁에 있어 준 것이다.

그녀의 강인함과 헌신적인 희생은 어미가 아니고서는 할 수 없는, 위대한 것이었다.

나는 울먹이며 '어머니'라고 불렀다. 그리고 알았다. 오늘 이후로 그녀와 나는 단순한 고부 사이가 아니라 진정한 어머니와 딸이 되었음을, 그녀야말로 앞으로 내가 평생 '엄마'라고 부를 사람임을 말이다.

어떤 사랑은 혈연도 뛰어넘는다.

그 사랑의 강인함, 끝없는 헌신은

단순히 여성의 위대함이라고 하기엔 부족하다.

그것이야말로 진정한 모성이다.

인생의 가장 고통스러운 계곡을 지나고 있을 때,

천 리 길을 마다하지 않고 달려와 곁을

지켜주는 사람이 있다면 그 사람은 의심할 나위 없이

당신을 진심으로 아끼고 사랑하는 사람이다.

그러니 기뻐하고 감사하라!

무무木木

우리는 함께 있다

미리米立

　　시간은 사랑을 깨닫고 미움을 풀리게 하는 가장 좋은 약이다. 미움으로 자신을 괴롭히는 것보다는 용서하는 편이 훨씬 현명하다. 용서는 상대방뿐만 아니라 나 자신에게도 다시 시작할 기회를 주기 때문이다. 그리고 용서는 바로 지금 해야 한다. 어쩌면 오늘이 마지막 기회일 수도 있다.

　　그가 전화로 말했다.

　　"누나, 원래는 부모님께 전화하라고 5분 정도 준 건데 누나한테 걸었어."

　　이 전화를 끊는 그 순간, 그와 그의 전우들은 재해 지역 한복판으로 들어갈 것이다.

　　내가 있는 도시는 불이 환하게 밝지만, 그들은 길 위에 있다.

　　5분은 길지도, 짧지도 않은 시간이었지만 우리는 그 시간의 대부분을 침묵으로 낭비했다.

그는 한때 골칫덩어리였지만 지금은 변했다.

그에게 전화가 오기 전 오후 내내, 나는 생전 처음 피난이라는 것을 해보며 당황과 혼란에 빠졌다. 비록 놀란 만큼 실제로 위험한 것은 아니었지만 그때 떠오른 생각이라고는 오직 아빠에게 전화를 해야 한다는 것뿐이었다. 내가 안전하다는 것을 알리고, 아빠도 안전한지 알고 싶었다. 하지만 인터넷이 자꾸 끊겨서 어쩔 수 없이 계속 통화 버튼을 누르며 모두가 무사하기를 빌고 또 빌었다.

마침내 전화가 연결됐다. 아빠와 통화를 하고 난 뒤에는 친척들과 친구들, 그밖에 생각나는 모든 사람에게 전화를 걸었다. 예의가 아니라 그래야만 했기에 그렇게 했다. 내가 사랑하는 모든 사람에게, 또 나 자신에게 '우리는 함께 있으니 두려워할 것 없다' 는 사실을 일깨워야 했기 때문이다.

그리고 그는 가장 마지막에 생각난 사람이었다.

사실 친척과 친구들에게 전화를 할 때 그도 생각이 났었다. 하지만 그에게 전화를 하는 대신, 다른 사람의 번호를 먼저 눌렀다. 나중에 휴대전화로 그에게 전화를 걸었지만 신호가 가자마자 끊어 버렸다. 순간이지만 그의 목소리를 듣는 것이 두려웠다.

그는 계모의 아들이자 나의 이복동생이다. 그가 태어나던 그 순간부터 우리는 적이었다. 물론 아무 것도 모르는 어린 시절에 그는 나를 누구보다도 좋아하고 따랐지만 그렇다고 그에 대한 내 마음이 변하지는 않았다.

나는 이기적이고 제멋대로인 인간이지만 줄곧 그 사실을 인정하지 않았다. 엄마가 떠난 이후, 나는 잔뜩 가시가 돋은 고슴도치가 되어 그 가시로 그를 무던히도 찔러 댔다. 그리고 그 고통은 그를 변화시켰다. 나를 닮아 이기적이고, 매정하고, 제멋대로이고, 적개심 가득한 사람이 된 것이다.

나와 그가 싸우면 그의 어머니는 늘 그를 혼냈다. 그리고 나는 곁에서 그 모습을 보며 남몰래 웃었다.

어느 날, 내가 잘못했는데도 그가 혼난 적이 있었다. 그날 밤 그는 내 방문을 박차고 들어왔다. 나는 그가 나를 때릴 것이라고 생각했지만 나보다 머리 하나는 더 컸던 열여섯 살의 그는 눈물을 글썽이며 이렇게 말했다.

"앞으로는 나한테 누나 소리 들을 생각하지 마."

나는 그를 싸늘하게 비웃었다. 화가 나서 빨갛게 달아오른 그의 눈은 내게 훈장이나 다름없었다. 하지만 이 장면이 나를 아프게 찌르는 날이 올 것이라고는, 그때의 나는 꿈에도 생각하지 못했다.

그 시절 우리는 같은 지붕 아래 살면서 치열하게 대립했다. 그 결과 그는 매번 상장을 타오는 모범학생에서 문제아로 변해 갔다.

아빠와 계모가 그를 혼내고 탓하는 모습을 볼 때마다 나는 은근히 승리감에 젖었다. 비록 아무에게도 이런 속내를 드러내지 않았지만 이것만큼 기분 좋은 일도 없을 정도였다.

고등학교를 졸업한 후 대학에 떨어진 그는 곧장 자원입대했고, 공군이 되었다.

그가 떠나던 날, 가족은 물론 가깝게 지내던 친척들까지 그를 배웅하러 갔지만 나는 평소처럼 출근해 버렸다. 그가 가는 것이 나와 무슨 상관이랴 싶었다. 그때 이미 우리는 3년 가까이 말한 마디 하지 않는 사이가 되어 있었다.

그가 군에 있는 동안 가끔 집에 전화를 걸어도 나는 받지 않았다.

한번은 그가 전화를 걸어왔는데 아빠가 번호를 보고는 급한 일이 생긴 척 나에게 전화를 받게 했다. 하지만 나는 그의 목소리를 듣자마자 바로 전화를 끊어 버렸다. 아빠는 내게 눈을 부라렸지만 화를 내지는 못했다. 아빠에게 나는 엄마 없이 자란 불쌍한 딸이었기 때문이다. 나중에 계모가 그에게 전화를 걸어 일부러 끊은 것이 아니라 연결에 문제가 생겨서 그런 모양이라고 둘러대는 것을 지나가며 들었다.

나는 우리가 끝까지 이렇게 지낼 것이라고 생각했다. 무슨 일이 생겨도 우리 사이는 변하지 않을 것이라고, 그렇게 생각했다. 그래서 아빠가 무심결에 그런 척, 내 휴대전화에 그의 전화

번호를 저장해 줬을 때도 쓸데없는 일이라고만 생각했다.

그리고 내 생애에 지진으로부터 목숨 걸고 도망치는 일이 생길 것이라고는, 꿈에도 생각하지 못했다.

하지만 그 일이 벌어졌다. 그것도 아무런 예고 없이, 갑자기 벌어졌다. 나는 28층 리한 사무실에서 나와 건물 밖으로 도망쳤다. 육교의 이편에서 저편으로 정신없이 도망쳤다. 그리고 더 이상 도망칠 곳이 없어졌을 때, 머릿속이 하얗게 변했다.

나는 아빠를 생각하고, 친척과 친구들을 생각했으며, 그를 생각했다. 아무리 미워한대도 그와 나는 피를 나눈 사이였다. 그를 떠올리자 그리운 마음도 들었지만, 결국 그에게 전화를 걸지는 못했다. 나는 그와 나 사이를 가로막은 벽을 영영 넘을 수 없을 것이라고 생각했지만, 내가 틀렸다.

그에게 먼저 전화가 걸려온 것을 보고 나는 지진이 났을 때만큼이나 놀랐다. 심지어 그가 내 번호를 알고 있었다는 것조차 놀라웠다. 아마도 그에게는 아무런 의미 없는, 숫자의 나열에 불과했을 테니 말이다. 그러나 그는 그것을 저장했고, 눌렀고, 5분이라는 시간을 모두 내게 할애했다.

어쩌면 이 전화가 마지막이 될 수도 있었다. 그 생각을 하자 나도 모르게 울음이 터졌다. 그 시간, 창밖으로 보이는 도시는 놀라움을 잊고 평정을 되찾은 듯 평소와 마찬가지로 반짝이고 있었다. 그러나 그가 갈 곳은 폭우가 쏟아지고 있을 터였다.

처음으로 그의 안위가 걱정됐다. 부모님에게 그가 재해 지역으로 갔다는 사실을 알려야 하나 고민했지만 결국 알리지 않기로 했다. 기다리기만 하면 그는 반드시 돌아올 것이다. 그렇게 믿고, 기다리기로 했다.

그에게 전화가 온 뒤, 나는 재해 지역에 관한 뉴스에 더욱 귀를 기울였다. 여진이 일어났다거나 폭우에 토사가 무너져 내렸다는 자막이 뜰 때마다 가슴이 대책 없이 쿵쾅거렸다. 공군대원들이 현장으로 투입되고 있다는 뉴스와 함께 화면이 뜨면 혹시나 싶어 눈을 부릅떴지만 그의 모습은 찾을 수가 없었다.

걱정은 곧 불안함으로 변했다. 나는 방안을 서성이며 손에 잡히는 대로 물건을 들었다 놨다를 반복했다. 그러다 두 손을 모으고 그를 위해 기도했다. 부디 곧 무너질 건물 옆에 가지 않기를, 토사가 무너져 내릴 수도 있는 산 아래 서 있지 않기를, 비에 너무 젖지 않기를, 그래서 지독한 감기에 걸리거나 고열에 시달리지 않기를 빌었다. 잘 먹고, 잘 마시고, 오늘밤에는 무사히 숙소로 돌아가 잠들 수 있기를 빌었다.

힘든 작업에 먼저 나서거나 사람들을 구하겠다고 위험에 뛰어들지 않기를, 건강히 돌아와 여행을 떠날 수 있기를 기도했다.

나는 그가 나를 누나라고 부르지 않고 우리가 영원히 서로를 미워할 수 있기를 바랐다. 그가 그곳에 가지 않을 수만 있다면 우리가 계속 적이어도 좋으리라.

하지만 나의 바람들은 모두 비현실적이었다.

나는 눈물이 자판을 적시는 줄도 모르고 끊임없이 마우스를 움직이며, 긴장되고 다급한 심정으로 재해 지역의 최신 소식을 검색했다. 그곳에 갇혀 있을 사람들도 걱정됐지만 이 순간 가장 걱정되는 한 사람은 바로 내 동생이었다.

아무리 싸우고 아무리 미워했어도 지난 20여 년 간 호적상에는 우리 네 가족의 이름이 나란히, 질서정연하게 적혀 있었다. 이제 와서 그 질서가 흐트러지는 것은 생각하기도 싫었다.

나는 휴대전화를 계속 켜 두고 혹시 벨소리를 못 들을 것을 대비해서 진동 모드까지 추가해 두었다. 언젠가는 그 휴대전화가 기쁘게 울리리라고 믿었지만 한편으로는 불안한 마음이 가시지 않았다. 천재지변의 한가운데에서 과연 어떤 일이 벌어질지 알 수도, 상상할 수도 없었기 때문이다.

그 후로 30여 시간 동안 나는 자지도 않고 줄곧 인터넷 뉴스만 들여다봤다. 그렇게 오랫동안 자지 않은 것은 처음이었다.

휴대전화는 손을 뻗으면 닿을 곳에 두었다. 그에게 전화가 오면 바로 알 수 있도록 특별히 벨소리까지 따로 저장해 두었지만 휴대전화는 울리지 않았다. 인터넷에 올라오는 소식은 갈수록 상세해져서 읽을수록 마치 지금 그곳에 있는 느낌이었다. 하지만 내가 할 수 있는 일이라고는 오른손으로는 새로고침을 누르며 왼손으로 흐르는 눈물을 닦아 내는 것뿐이었다.

예전에 그와 있었던 일들이 끊임없이 떠올랐다가 사라졌다.

그가 아직 걸음마도 하기 전에 침대 위에서 나무 블록을 쌓으며 놀던 모습, 학교에 들어간 그가 내게 파란색 범선을 그려 주었던 일이 떠올랐다. 비 오는 날, 그가 나 대신 내 자전거를 둘쳐메고 진흙투성이 공사장을 지나다가 그만 넘어진 적도 있었다. 그때 나는 어떻게 했던가. 계모에게 일러서 그를 혼나게 만들고, 억울함에 눈이 빨개진 그를 보며 고소해하지 않았던가…….

저녁이 되어서야 나는 본가에 가 보았다. 그의 어머니가 문을 열어 주었는데, 나를 보자마자 환하게 웃었다. 그리고 밥을 해야겠다며 부엌으로 향했다. 평소에는 당연하다는 듯 앉아서 대접을 받던 나였지만 오늘은 앞치마를 두르고 그녀 대신 부엌에 섰다.

비록 입맛은 전혀 없었지만 내가 밥을 해야만 했다.

식사를 마친 후, 세 식구가 거실에서 함께 TV를 봤다. 나는 몇 번이나 부모님에게 동생이 재해 지역에 투입됐다는 사실을 알리려 했지만 결국 말하지 못했다. 아직도 지진의 충격이 가시지 않은 두 분에게 또 다른 걱정을 더할 수는 없었다.

집에 가려고 인사를 하고 나오는데 계모가 마을 입구까지 배웅하겠다며 따라나섰다. 하지만 워낙 표현이 서툰 사람이라 그 먼 길을 함께 가면서도 겨우 한 마디만 했다.

"여진이 또 있을 수 있다니까 몸조심하렴."

나는 얼른 고개를 숙였다. 어스름한 저녁 빛에 그녀가 혹시라도 내 눈물을 볼까 싶어서였다. 그녀에게 나는 언제나 이길 수 없는 강자였다. 나는 몰래 눈물을 닦고 말했다.

"이제 들어가세요."

"그래."

"엄마, 들어가세요."

"그래, 알았어."

'엄마'라는 말이 너무 힘없이 나갔다. 그래도 부디 그녀의 귀에 가 닿았기를, 나는 기도했다.

혼자 천천히 집까지 걸어가면서 그곳의 일을 생각했다. 지진의 잔해에 묻힌 사람들이 무사히 생환했는지, 산중에 고립된 사람들이 안전하게 피신했는지 나는 알지 못한다. 그러나 내 동생이 반드시 무사하게 돌아올 것이라는 사실만큼은 확실하게 안다. 그렇기에 그가 환하게 웃으며 돌아오는 그날까지 나는 기다리고 또 기다릴 것이다.

삶은 예측할 수 없다.

비록 지금 곁에 있을지라도 그것이 언제 사라질지,

아무도 알지 못한다. 그래서 바로 '오늘'만이

우리가 가진 재산이다. 오늘 하루라는 시간이

한 번 지나가면 다시는 되돌릴 수 없는

귀한 보물이라는 사실을 안다면

아무도 그 시간을 의미 없이 보내지는 않을 것이다.

지금 이 순간을 소중히 하라.

그것이야말로 인생을 빛나게 만드는 최고의 방법이다.

무무木木

울림이 있는 위로와 치유의 이야기

지금 우리 사회에 가장 필요한 두 단어를 고른다면 무엇일까? 아마도 '위로'와 '치유'일 것이다. 연초부터 연달아 터진 사고와 악재들은 우리 사회에 짙고 깊은 어둠과 슬픔의 그림자를 드리웠다. 오죽하면 온 국민이 정신적인 상담과 치료를 받아야 한다는 주장까지 나오겠는가. 그러나 아무리 큰 슬픔이 우리를 덮친다 해도 살아가야 하는 것, 살아갈 수밖에 없는 것, 그것이 바로 인생이다. 크나큰 우울감과 괴로움이 바윗돌처럼 마음을 짓누른다 할지라도 우리는 일을 해야 하고 살림을 돌봐야 하며 한 사람의 성인으로서, 사회인으로서, 부모로서 제 역할을 다 해야 한다. 그렇게 살아가기 위해 잠시 마음의 고통을 외면해 보기도 한다. 하지만 그렇다고 그 고통이 저절로 사라지지는 않는다. 상처받고 괴로워진 마음은 결국, 위로와 치유를 받아야만 회복될 수 있다.

중국의 베스트셀러 에세이 작가 무무木木는 위로와 치유의 길을 사람에서 찾는다. 우리가 상처를 받는 주된 이유가 사람 때문이기는 하나 치유 역시 사람을 통해서만 가능하다고 보기 때문이다. 그래서 그의 글은 늘 인간 본성의 선함을 믿는 따스한 시선으로 가득하다.

이번 책 역시 그러한 시선에서 하나 둘 엄선하여 모은 짧은 글들로 이루어져 있다. 마치 단편소설과 같은 느낌을 주는 이 글들은 하나같이 사람과 사람 사이의 교류를 통해 마음의 상처를 치료하고 다시금 힘을 얻는 과정을 그리고 있다.

이야기 속 위로와 치유의 과정은 때로 부모 자식 간의 애정이나 친구와의 우정, 혹은 운명 같은 사랑의 모습으로 우리에게 다가온다. 늘 곁에 있지만 그렇기에 오히려 간과하고 잊고 있었던 사람의 정이 우리가 그토록 찾아 헤매던 행복의 열쇠임을 역설하고 있는 것이다. 또한 무무는 글 말미에 촌철살인의 통찰력이 담긴 짧은 문장으로 이야기가 전하고자 하는 바를 명확하게 드러냄으로써 독자의 이해를 돕고 있다.

이 책은 가벼운 마음으로 읽을 수 있는 책이다. 짧거나 그리 길지 않은 글들로 이루어져 있기 때문에 부담감 없이 생각날 때마다 펼쳐보길 권한다. 그러면 그 안에서, 묵직한 울림이 있는 위로와 치유의 손길을 만나게 될 것이다.

옮긴이 최인애

너와 부딪친 순간
행복이 시작되었다

초판 1쇄 발행일 2014년 10월 30일
편저자 · 무무
옮긴이 · 최인애
그린이 · 황중환

펴낸이 · 김종해
펴낸곳 · 문학세계사
주소 · 서울시 마포구 신수로 59-1(121-856)
대표전화 · 02-702-1800   팩시밀리 · 02-702-0084
이메일 · mail@msp21.co.kr
홈페이지 · www.msp21.co.kr(문학세계사)
페이스북 · www.facebook.com/munsebooks
출판등록 · 제21-108호(1979.5.16)

값 14,000원
ISBN 978-89-7075-591-5   03820
ⓒ Sino-Culture Press, 2014